KEITAI
SHOUSETSU
BUNKO
野いちご SINCE 2009

僕は君に夏をあげたかった。

清水きり

JN180061

◎ STARTS
スターツ出版株式会社

カバーイラスト／望月夢乃

夏休みを間近に控えたある日。
　義理の母親との大ゲンカをきっかけに部屋に引きこもるようになった私に、お父さんが言った。

『しばらく、おじいちゃんのところで暮らしてみるか？』

　海の近くにある、おじいちゃんの家。
　空が高くて、潮の香りがして、空気が澄んでいて、普段住んでいる街とは別世界のよう。
　そこで私は……。
　初恋の人と再会をする。
　孤独に悩む不登校少女、松岡麻衣子(まつおかまいこ)。
　優しく病弱な少年で、麻衣子の初恋の相手、佐久良夏(さくらなつ)。

『今でも君が好きだよ』

　甘く、とびきり切ない、ひと夏の恋。

contents.

プロローグ　　　　　　6

第 1 章
海辺の再会　　　　　　10

ラムネの味　　　　　　28

寂しいね　　　　　　　46

凪(なぎ)　　　　　　　　　64

第 2 章
訪問者　　　　　　　　68

あの日の出来事　　　　83

第 3 章
残されたもの　　　　　116

あなたのぬくもり　　　125

第 4 章
花火と告白　　　　　　142

夏の絵　　　　　　　　159

心の中の君	173

第5章

ごめんね	184
夜の海	194
私は……	201
ゆっくりと……	218

第6章

あげられなかった	228
晩夏の誓い	236
この世界	248
彼方(かなた)の海	255
エピローグ	260
あとがき	264

プロローグ

　海だ。
　海が見える。
　初めて間近で目にした海に、一瞬言葉を失った。
　太陽の光の下、水平線が白くキラキラと光る。
　その水平線から描かれる白と、水色。
　そして、青のグラデーション。
　それは言葉にできないくらい美しい。
　これを描くことはできるだろうか。
　そう思うと、胸がワクワクしてきた。
　早く描きたい……。
　手が筆を持ちたくて、うずうずしている。

　絶え間なく寄せては返す波。
　心地よい潮風。

　そのすべてが温かく、俺を優しく受け入れてくれている気がした。

「……よし」
　気合いを入れるようにつぶやく。
　すると、波の音がそれに答えるように、一際大きくなったように思えた。

……はじまる。
ここで、この海で……。

俺の欲しかった日々が。
海と、小さな自由。
そして……長く、短い夏がはじまる。

第1章

海辺の再会

　大阪・天王寺駅から特急「くろしお」で約２時間。
　目的地を告げるアナウンスに、少しだけまどろみに沈んでいた私の意識は引き戻された。
　……やっとついた。
　長旅というほどではないけど、ずっと同じ座席に座っていたので体がこり固まっている気がする。
　席を立ち、んっと背伸びをしてから、荷物を抱えて目的の駅へと降り立った。
　──真っ先に感じたのは、むせかえるような夏の熱気。
　電車から降りた途端、むわっとした空気が私を包んだ。
　すぐに、かしましいセミの声が追いかけてくる。
　その声は、暑さを助長している気がした。
　足元に伸びる影が濃い。
　駅の屋根越しにでも、日差しの強さがハッキリわかった。
「……はあ」
　思わず、ため息。
　くろしおが、あんなに揺れるとは思わなかった。
　おかげで少し酔ったみたいだ。
　冷たい飲み物でも買いたいと、あたりを見渡し自販機を探すものの、古ぼけた駅のホームには、同じく古ぼけた木製のベンチくらいしか置かれていない。
「……うーん……結構……田舎、だよね……」

最後にここに来たのは、いつだったか。
　あれは、そう……まだお母さんが生きていたころ。
　10年くらい前だろうか。
　お母さんに手を引かれ、おじいちゃんに優しく迎えられ、夏休みをここで過ごした。
　毎日のように、家の近くにある海で遊んでいたのを覚えている。
　——また、ここに来ることになるなんて。
　和歌山県の海辺の町。
　母方の祖父の暮らす町。
　私は夏の間、この町で、祖父の元で暮らすことになったのだ。
「……ふう」
　新しい暮らしに怯む気持ちに負けないよう大きく深呼吸をして、胸いっぱいに空気を吸い込んだ。
　新鮮な空気に、ちょっと気分がすっきりした気がする。
　でも、子どものときのワクワクした気持ちは思い出せない。
　町の空気は、あのときときっと変わらないのに。
　私はこんなにも変わってしまった。

「……あ、おーい！　麻衣ちゃーん！」
　駅を出ると、すぐ真ん前に白いトラックが停まっていた。
　そばに立っていた麦わら帽の老人が、名前を呼びながら私に駆け寄る。
　その顔には見覚えがあった。

帽子からはみ出した髪は記憶よりずっと白いし、シワも増えているけれど、間違いない。
　──おじいちゃんだ。
「……おじいちゃん」
　少し戸惑いながらもそう呼ぶと、おじいちゃんはシワを目いっぱい深くして、ニコニコ笑った。
「よう来たなあ、麻衣ちゃん。久しぶり！　こんなに大きくなって。それに、べっぴんさんになったなあ……」
「そ、そんなこと……」
「いやいや。ホンマきれいになった。恵美子(えみこ)によう似てきたわ。……さ、電車疲れたやろ？　早く家に行こう。荷物は荷台に積んだらええから」
　おじいちゃんは私のバッグを持つと、軽々とトラックの荷台に積み込む。
　服や、その他にもいろいろ詰めていて、かなり重いはずなのに、まったく大変そうな素振りを見せなかった。
　よく日に焼けていて、たくましいおじいちゃんの体。
　確かもう70歳を越えているはずだけど、それを感じさせない若々しさだ。
　ろくに外出もせず、真っ白でヒョロヒョロの私とは大違い……。
「……おじいちゃん、ごめんね、迷惑かけて」
　そう謝ると、おじいちゃんは意外そうに目を見張った。
「迷惑って、なんや？　わしは、久しぶりに麻衣ちゃんと会えてうれしいで」

「でも……」
　うつむく私の頭を、おじいちゃんの大きくて乾いた手が、優しく撫でた。
「ええから。それより、乗りや。家でスイカを冷やしてる。麻衣ちゃん、好きやろ？」
「……ん。ありがとう、おじいちゃん……」
　トラックの助手席に乗り込み、シートベルトを締める。
　夏の日差しですっかりシートは温まっていて、背中と太ももにジンッと熱が伝わった。
「……はー、暑いなあ。待ってや、麻衣ちゃん。すぐに冷房つけるからな」
　運転席に座ったおじいちゃんがため息まじりに車内クーラーに手を伸ばす。
　私はそれを「待って」と制した。
　冷房の効いた電車でここまで来たせいか、体が妙に冷えている。
　それに電車に酔ったから、もう少し外の空気が吸いたかった。
「クーラーは大丈夫。それより、窓を開けてもいいかな」
「お、ああ。ええで。麻衣ちゃんの好きにし」
「ありがとう」
　窓を開けるとほぼ同時に、トラックは走り出す。
　駅から遠ざかるとともに、店や家はどんどん少なくなっていった。
　『田舎』だなんてつい言ってしまったけれど、それでも

駅の周辺は開けていたほうらしい。
　窓から見える景色は、青い空と白い雲。緑の田畑。
　セミの声がどこまでもどこまでもついてきた。
　涼やかな風が車内に吹き込む。
　……海の風だ。
　潮の香りをはらんでいた。
それは、どこか生ぬるく。
「……麻衣ちゃんが最後にここに来たのは、いつぐらいやったかなあ」
　ハンドルを動かすおじいちゃんが、私に尋ねるというよりは、ひとり言のようにつぶやいた。
「……まだ、こんな小さかったなあ。小学生にもなってへんかったんちゃうやろか。恵美子に手を引かれて……懐かしいなあ」
　本当に懐かしそうにそう言うと、隣に座る私を見て、目を細めた。
「麻衣ちゃん、今いくつやっけ？」
「16。高１だよ」
「そうか。もうそんなんになるんか」
　おじいちゃんがくしゃりと笑う。
　その笑い方に、おぼろ気な記憶の中にある、昔のおじいちゃんの姿が重なって見えた気がした。
　そのかすかな面影が、ふしぎと懐かしい。
　私はここに来て初めて、わずかではあるけれど安堵(あんど)の気持ちを感じていた。

「……ほら、麻衣ちゃん。もうすぐ海が見えてくるで」
 おじいちゃんがそう言ったとほぼ同時に、右手側に連なっていた山がパッと開け、水平線が現れた。
 太陽の光を反射させ、眩しいほどにキラキラ輝いている。
 透明な白とブルーのグラデーション。
 その上でゆらゆらと揺れるように光が踊った。
 私は思わず目を細め、その光に見入る。
 途端に潮の香りが強くなったように思え、大きく息を吸い込んだ。
「……きれい」
 本当に無意識に、その言葉が口からこぼれ落ちた。
 おじいちゃんが「ははっ」と楽しそうに笑い声を上げる。
「やっぱり麻衣ちゃんには、海は珍しいか」
「うん。前の家も……今の……家も、海なんて遠くて、全然見えないもん」
『今の家』と話すとき、のどを異物が通るような苦しさがあった。
 知らず知らず、声が裏返る。
 気づいていないわけがないのに、おじいちゃんは何も気づいていないみたいに笑った。
「……ほいだら、こっちにおる間は、たくさん海で遊んだらええよ。じいちゃんの家から海は歩いて5分や。まあ、遊泳禁止になってるから水着で泳いだりはできへんけど。波打ち際で遊ぶだけでもいい息抜きになるんとちゃうか」
「……うん。そうだね」

おじいちゃんの優しさがうれしくて、だけど歯がゆい。
　——全部わかっているくせに。
　お父さんから、全部聞いているくせに。
　私が……お父さんに見捨てられて、ここに来たことを。

　海が見えたら、おじいちゃんの家はすぐだった。
　トラックが、木造の家の広い庭へと停められる。
　おじいちゃんは「ついたで」と私の肩を叩き、運転席から降りた。
　私もそれに続く。
　すると、すぐに痛いくらいの夏の日差しが降り注いでくる。頭がクラクラしてしまいそうだ。
「……大丈夫か、麻衣ちゃん」
　私の荷物を降ろしながら、おじいちゃんが心配そうに尋ねてくる。
「今年は特別暑いやろ。ここまで暑いのは、初めてかもな」
「うん……。でも海が近いせいかな。風が気持ちいい」
　それは嘘じゃなかった。
　時おり吹く潮の香りがする風は、涼を運んでくれる。
　もちろん、暑いのは暑い。
　それでも都会暮らしだった私にとって、涼やかな自然風は新鮮で、心地よかった。
「そうか。それならよかった。……なあ、麻衣ちゃん。荷物を置いて少し休んだら、海に行ってきたらどうや。ここの浜は人が少ないから静かで落ちつくと思うで」

「うん。……そうしようかな」
　おじいちゃんの提案を、私は二つ返事で受け入れた。
　なぜだろう。
　なんだかとても……海を間近で見てみたかった。
　おじいちゃんの家から、海は本当に近かった。
　玄関を出て、すぐ脇にある小路を抜けると、少し広めの道路に出る。
　そこを渡ると、もう右手には堤防が見えてくるのだ。
　まさに徒歩5分。
　いや、正確には5分もかかっていないだろう。
　これだけ近ければ、家に潮の匂いが届くのもよくわかる。
　おじいちゃんの話では、テトラポットが置かれるようになるまで、夜には波の音が家にいても聞こえてきたらしい。
「……本当。私の家じゃ、考えられないな」
　1人でそうつぶやくと、私は堤防の急な階段をのぼった。
　階段は本当に急で、しかも下を見れば細かい砂がたくさん落ちている。
　滑らないよう、赤さびに侵された手すりに必死にしがみつき、一歩一歩慎重にのぼっていった。
「……はあ……もうっ……」
　すでに汗でびっしょりだ。
　遠くから聞こえるセミの声にバカにされているように思えた。
　……私、何を汗だくで頑張っているんだろう。
　ふと我に返るとむなしい。

……でも。
「……わあっ」
　堤防をのぼりきったとき。
　そんなむなしさは、すぐに吹き飛んだ。
　眼前には透き通るような海が広がっている。
　遮るもののないそれは、どこまでも広く透明で、空の色を映し込み青く光っていた。
　白い砂浜には誰の姿もない。
　波の音だけが鼓膜に優しく響く。
　その音に合わせるように、陽の光が踊るように海面で輝いた。
　ふと、潮風が私の髪を揺らし、もてあそんだ。
　それだけで、貼りつくような汗が乾いた気がする。
　残るのは、鮮烈な海の匂い。
「……っ」
　こんな気持ちは初めて。
　悲しくもないのに、泣きそうだった。
　私はまた赤さびの手すりにつかまり、今度は階段を下りる。一歩、また一歩。砂浜を目指して。
　のぼりよりはスムーズに進み、すぐに私の足は白く細かい砂の上に下り立った。
　ずっ……と、足が沈む感覚。
　あまりに細かい砂は、私の体重で簡単に形を変える。
「……わ、とと……」
　砂浜なんて歩き慣れていないので、足を取られ転びそう

になってしまう。
　細く高いヒールの、バランスを取りにくいサンダルを履いていることもよくないみたいだ。
　仕方ない。
　私はサンダルを脱ぎ、裸足(はだし)で歩くことにした。
「……熱い……」
　温められた砂浜の熱が足の裏に伝わる。
　それは想像以上で、ジンと痛いくらいだった。
　じっとしていると足が焼けてしまいそう。
　サンダルを左手に持ち、早足で海のほうへと向かった。
　近づくごとに、波の音が大きくなる。
　規則正しいように聞こえるそれは、じつはランダムに強弱をつけ、不規則なメロディを響かせる。
　誰もいない砂浜では、そのメロディが唯一の話し声のように思えた。
　海が近くなるにつれ、足元は白い砂から貝殻の混じった黒い石へと変わっていく。
　焼けるような熱さも、だんだんなくなってきた。
　そして、打ち寄せる波が足にかかるくらい海のそばに来たとき。
　私は遠く離れた防波堤に、人が座っているのを見つけた。
　おじいちゃんの話では、この海は遊泳禁止だけど、防波堤で釣りをしている人はときどきいるとのこと。
　でも、今、あそこにいる人は釣りをしているわけではないようだった。

遠くてなんとなくしかわからないけれど、たぶん男性。
　麦わら帽子をかぶり、白いTシャツを着ている。
　彼は、顔を伏せたり上げたりを繰り返し、膝に置かれたノートのようなものに、書き物をしているようだった。
　ときどき、筆記具を持った腕をスッと前に出し、何かを測るような仕草を見せる。
　……もしかして、スケッチをしているのかな。
　あの仕草には覚えがあった。
　私自身、中学時代は美術部だったので、よくああして描いていたものだ。
　そう気づくと、見ず知らずのあの人物にふしぎと親近感のようなものが生まれてくる。
　砂浜を踏みしめるようにして、ゆっくり防波堤のほうへと歩いていった。
　彼は私が近づいていることなどまったく気づかず、スケッチに没頭している。
　深くかぶった麦わら帽子のせいで顔はよくわからないけど、きっと真剣な表情をしているだろう。
　距離が縮まるにつれ、その姿がハッキリ見えてきた。
　意外に若く、年はたぶん私とほとんど変わらない。
　白いシャツ、やや色あせたジーンズ。浮かぶ体のラインは細く、男の子にしては華奢にも思えた。
　ふいに、彼が空を見上げた。
　すると帽子がずれ、隠れていた目元があらわになる。
「……え……っ！」

気づけば声が出ていた。
　それに反応するように、彼が私のほうを振り向く。
　目が、かちりと合った。
「……！」
　"言葉を失う"とは、こういうことを言うのだろうか。
　彼の顔を見た瞬間、胸が大きく音を立てて跳ね、私の頭は真っ白になった。
　その場に呆然と立ち尽くす。
　私を見つめる、とび色の目。
　茶色い髪は細く、日光をはじき、サラサラと透けるように流れる。
　端整な顔立ちは、きれいだけれどどこか儚い。
　そう。
　——彼は儚かった。
　あのときから……。
「……松岡さん？」
　先に口を開いたのは彼だった。
　それはテノールの、穏やかな声色。
　少しだけ、ささやいているように響く声。
　懐かしい。変わっていない。
　ふと、あんなに感じていた潮の香りが消え、代わりにテレビン油の香気が漂ってきた気がした。
　それは放課後の美術室の匂い。
　窓から差し込む西日と、だんだん濃くなるイーゼルの影。
　そして、キャンバスに向かう真剣な横顔。

私はいつもそんな彼をこっそり見つめていた。
　キャンバスの前に立つ、すらりとした姿。
　細い髪は、風もないのにサラサラと揺れているように思えた。
　彼の描く絵から流れた風かもしれない。
　キャンバスには鮮やかな青が描かれていた。
　彼の描く絵には、とても青が多かった。
　空のような……いや、どちらかといえば海の青。
　私はその青がとても好きだった。
　そして、少しだけ怖かった。
　青はあまりに鮮やかで、彼はどこか儚くて、まるでいつかキャンバスに乗った青に溶けて消えてしまうのではないかと思えて。
　……そんなはず、ないのに。
　ふと、彼が小さく息を吐き、絵を描く手を止めた。
　私のほうを振り返り、にっこり微笑む。
『松岡さん、どうかした？』
　彼が、私の名前を呼ぶ。
　彼を見つめていた私は、我に返り、気まずくなって、目を伏せた。
『……な、何が？』
『こっちを、見てなかった？』
『え、べ、別に。その……ただ……』
『ただ？』
『きれいな、青だと思って』

そう言うと、彼は少しだけ頬(ほお)を赤くして笑った。
「……佐久良くん」
　その名前を呼んだのは、2年ぶり。
　でも、2年前と同じように胸がギュッとつかまれたみたいに痛んだ。
　佐久良くん。
　佐久良夏くん。
　中学時代の同級生。
　1年、2年と同じクラスで、部活も同じ美術部だった。
　でも2年生の夏休み前に彼は転校して、それから一度も会うことはなかった。
　……それなのに、どうして。
　どうして佐久良くんが、今、ここにいるの？
　佐久良くんは驚いた表情を浮かべていたが、すぐにうれしそうに顔をほころばせた。
　防波堤から立ち上がると、そばのテトラポットを飛び移るようにして砂浜へと下りてくる。
　彼の履いているビーチサンダルが、砂浜に足跡を作った。
「……松岡さん、久しぶり」
　麦わら帽子を顔が見えるように上へとずらし、佐久良くんは笑みを浮かべる。
　私よりもずっと上手に砂浜を歩いて、すぐそばまでやってきた。
　彼の足跡が防波堤から続いている。
　それはすぐに寄せる波にさらわれ、かすかな波音ととも

に消えてしまった。
「さ、佐久良くん……」
　いまだ混乱から抜けきれない私と対照的に、佐久良くんはすでに平然としている。
「ビックリしたよ。どうしてここに？　まさか引っ越してきたの？」
「ううん……違う。おじいちゃんの家が近くにあって、それで夏休みの間だけここに……」
「え？　でも、夏休みって……もうちょっと先じゃない？」
「……ん」
　私は曖昧にうなずき、佐久良くんから目をそらす。
　……痛いところを突かれた。
　確かに今は7月の10日すぎ。
　夏休みまではまだ十数日ある。
　どう誤魔化そうか答えあぐねていると、佐久良くんは「まあ、いいか」と肩をすくめた。
「……俺も同じようなものだし」
　そう言うと、麦わら帽子を脱いで軽く首を振る。
　彼の細い髪が、夏の日差しに透けるように輝いた。
　これだけ強い日差しにも関わらず、佐久良くんの肌は真っ白い。
　中学のときも色白の印象だったけれど、今はあのときよりも白い気がする。
「……さ、佐久良くんこそ、どうしてここに？」
　中学のときの転校先は、確か関東圏だったはずだ。

関西の……しかも、こんな片田舎に住んでいるなんて、何か理由があるのだろうか。
「……んー。なんというか……」
佐久良くんは小さく首をかしげ、思案するような表情を見せる。
それから、いたずらっ子みたいな笑顔を浮かべた。
「俺も、夏休みみたいなもの」
「え……」
明らかに、はぐらかしているとわかる答え。
どう受け取っていいかわからず、私は言葉に詰まる。
佐久良くんは、そんな私の反応に笑みを深くした。
「……まあ、いいじゃないか。そんなことは」
「そんなことって……」
「——それより……」
ふわ……と視界が薄暗くなり、灼熱の日差しが和らぐ。
頭に何かかぶせられた感覚。
足元の影が丸い形を描く。
佐久良くんが持っていた麦わら帽子を、私の頭に乗せたのだ。
「……帽子、かぶったほうがいいよ」
「あ……」
「貸してあげる」
そう言って微笑むと、佐久良くんはきびすを返し、堤防のほうへと歩いていく。
「……さ、佐久良くん。これ……っ、どうしたら……」

「貸してあげるってば。しばらくここにいるんだろう？　だったら、また絶対会えるから、そのとき返してよ」
「……」
「またね、松岡さん」
　放物線(ほうぶつせん)を描くようにきれいに手を振りながら、佐久良くんは砂浜を出ていった。
　残されたのは私……、と麦わら帽子。
「……な、なんだったの」
　もしかして夏の暑さが見せた幻だろうか。
　……いやいや、そんなわけはない。
　麦わら帽子はここにあるんだし。
　それにしても、まさか……。
「まさか、また佐久良くんに会うなんて」
　背が伸びて、少し大人っぽくなってはいたけれど、顔立ちや雰囲気はちっとも変わっていなかった。
　柔らかい物腰に、儚げな美しさ。
　それにスケッチのときの真剣な眼差(まなざ)し。
「……っ」
　胸が小さくうずく。
　忘れていた微熱が、ちりちりと胸の奥でくすぶっている。
　……佐久良くん。
　私の初恋の人。
　その儚い美しさが。
　柔らかい物腰が。
　絵を描くときの真剣な眼差しが。

——大好きだった。
　でも、彼は突然転校してしまった。
　もう二度と会うことはないと思っていたのに。
「……やだ、どうして。……どうして今、会っちゃうの。こんな……こんなときに……」
　麦わら帽子をギュッとつかみ、顔を隠すように目いっぱい深くかぶる。
　唇をきつく噛んだ。
　そうしないと泣いてしまいそうだったから。
　佐久良くん。
　叶うならまた会いたいといつも思っていた。
　でも、今はダメ。
　今だけは、嫌だ。
　こんな……。
　こんな……消えてしまいたいと思っているときに。
　会いたく、なかった。

ラムネの味

　その日の夜。
　おじいちゃんと２人で夕食を食べながら、今日の海での話をしてみた。
　偶然、中学時代の同級生に会ったと言うと、おじいちゃんは少し考え込むような顔をしたあと、「ああ……！」と手を叩いた。
「そりゃ、夏くんやな。えーと……佐久良夏くん。そうやろ？」
「う、うん、そう。すごい、おじいちゃん。よくわかったね」
「何しろこんな田舎の小さな町や。ご近所さんはみんな知り合い。よそから誰かがやってきても、２、３日もあったら顔見知りになってまうわ。それで、都会から来た、麻衣ちゃんと同じくらいの年の子は、夏くんくらいしかおらんはずや」
「……そうなんだ」
　それじゃあ、私のこともすぐに近所に知れ渡ってしまうのだろうか。
　どんなふうに広まるのか。
　"おじいちゃんのところに、久しぶりにやってきた孫娘"。
　それから……？
「……はあ」
　まだ広まると決まったわけではないのに、自分がまわり

にどんなふうに言われるか、想像しただけで憂鬱だ。
　おじいちゃんは私の小さなため息に気づいたようで、眉をひそめた。
「どうしたんや、麻衣ちゃん。もしかして、夏くんとは仲悪かったとか？」
「う、ううん……違うの。仲はむしろよかったほうだと思うんだけど……。その……まさかここで会うと思わなかったからビックリしたって言うか……」
「そりゃそうやろうな。でも、それならよかった。これから夏くんと遊んだりできるんちゃう？　この田舎町は、麻衣ちゃんには退屈かと心配しとったけど、友達がおるならいくらかは楽しく過ごせるやろ」
「……う、うん。でも、もうあのころから2年もたってるからどうだろう……」
　私のややネガティブな発言に、おじいちゃんは顔をくしゃりとさせて、おおらかな笑みを浮かべた。
「そんなん心配ないやろ。たかだか2年やんか。どうやら夏くんも、ほとんど毎日1人で過ごしとるみたいやし。麻衣ちゃんが来て、内心喜んどるかもしれへんよ」
「……そっかな」
　確かに、さっきの彼の態度からは、どちらかといえば好意的なものを感じたけれど。
　本当に私を歓迎してくれるのだろうか。
　……あれ、そういえば……ほとんど1人って……。
　ふと、違和感にも似た疑問が湧き上がる。

「……ねえ、おじいちゃん。佐久良くんってどうしてこの町にいるの？　毎日1人でいるってことは、学校には行ってないの？」

佐久良くんは『夏休みみたいなもの』と言ってはぐらかしていたけれど、やっぱり気になって仕方ない。

こんな田舎町で、平日の昼間から1人で海にいるなんて不自然だ。

……まあ、私自身の立場も似たようなものだけれど。

「……うーん。せやなあ。わしも詳しく知ってるわけやないんやけど」

おじいちゃんには珍しく、歯切れの悪い口調でモゴモゴと言いよどむ。

何も知らないわけではないのは明らかだ。

じっと見つめて続きを待つと、おじいちゃんは観念したように話しはじめた。

「……夏くんは療養に来とるらしいで」

「療養……？」

「そう。ここは空気がええからな。しばらくの間、のんびり体を休めるんやって」

「……」

返す言葉を失った。

——療養ってことは、病気を患っているわけで。

どんな病気かや、その程度はわからないけれど、学校に通うのが無理なのは間違いないだろう。

『夏休みみたいなもの』

そう言った佐久良くんの微笑みが思い出される。
　夏の日差しの中、溶けてしまうかのように儚げだった彼の姿に、胸の奥が鈍く痛んだ。
　……佐久良くん、どこが悪いのだろう。
　確か、中学のときから病弱だとは聞いていた。
　体育はよく見学していたし、欠席も他の生徒に比べると多かったと思う。
　それに、あの細身と色白な肌。
　見るからに儚げな雰囲気には、見た目で判断するのもどうかと思うけど、危うげな頼りなさがあった。
　でも、その外見に反して佐久良くんは明るく快活だったので、私も含め同級生はあまり彼を特別扱いしていなかった気がする。
　少し欠席は多いし頼りなく感じるときもあるけれど、他のみんなと何も変わらない明るいクラスメイト。
　きっとそんな認識だった。
　だから、今……とても動揺している。
　佐久良くんが、それほどまでに体調を悪くしているということに。
　おじいちゃんは黙ってしまった私に、困ったように頭をかいた。
　佐久良くんのことを話したのを、少し後悔しているのかもしれない。
「……まあ、病気って言うても、麻衣ちゃんが思ってるほど重くないかもしれへんよ」

「そう……かな」
「それよりも、夏くんと会ったときに、そんなふうに暗くなったり、変に気をつかったりはせんほうがいいよ。それが……何より夏くんによくない気がする」
「……うん」
　おじいちゃんの言葉に素直にうなずき、私は壁にかけられている佐久良くんから借りた帽子に目をやった。
　体調がいいわけじゃないのに、私に帽子を貸してくれたのか……。
　あの暑い日差しの中、療養中の彼のほうがきっと帽子を必要としていただろうに。
　……佐久良くん。
　夏の光を全身に受け、明るく笑う佐久良くんの姿が思い浮かぶ。
　——また絶対会えるから、そのとき返してよ。
　彼はそう言っていた。
　……あの砂浜へ行けば、また会える……？
　明日はどうだろう。
　佐久良くんもまた来てくれるだろうか。
　少しは、私に会える可能性を考えてくれているだろうか。
「……明日も、海に行ってみようかな……」
　思わずつぶやいた私に、おじいちゃんは笑みを深くする。
「明日と言わず、毎日でも行ったらええ。麻衣ちゃん、子どものときは、いっつもあそこで泳いどったからなあ」
「そう……だったかな。……でも、今は遊泳禁止なんだよね」

「ああ。数年前から海水浴客が増えたんやけど、マナー悪いのも多くてな。勝手に砂浜でバーベキューやったやつらがおって、そのせいでボヤ騒ぎが起きたんや。そんで、安全のために遊泳禁止になった。……それに、あの海は神聖なものやから。汚されるのはかなわん」
「神聖……?」

　意外な言葉に首をかしげると、おじいちゃんは遠くを見るような目をした。
「……この町で死んだ人間は、あの海に還るって言われとるんや」

　そうつぶやくと、仏壇へと顔を向ける。

　そこには……私が生まれる前に亡くなったおばあちゃんの遺影があった。

　写真のおばあちゃんは、おじいちゃんの眼差しに答えるかのように穏やかに微笑んでいる。
「魂が海に還って、そこから町を見守ってくれる。……町に残した大切な人たちを、ずっと……。昔からそう伝えられとる」
「……海に、還る……」
「まあ、どこにでもある言い伝えやし、ホンマかどうかなんてわからへんけど……この町の人間にとっては、あの海は特別やってことや」

　おじいちゃんはそう言って笑い、話を締めくくった。

　そして茶碗に残ったごはんをかき込むと、箸を置く。
「……さ、麻衣ちゃん。今日は疲れたやろ。もう風呂に入っ

て、寝る用意をしたらどうや？」
「そう……だね。わかった。あ、食器は私が片付けるから」
「ええんか？」
「うん。家事は慣れているから、これくらい平気。明日からは、他の家事もお手伝いするね」
「……そうか、ほな甘えよかな。おおきに」
「……うん」
　……夕食の食器を片付けながら耳を澄ますと、波の音が聞こえる気がした。
　最近はここまで波の音は届かないらしいから、気のせいかもしれない。
　でも、その音はまるで誰かのささやきみたいで……。
　おじいちゃんの言った『海に還る』という話も、あながち嘘ではないのかもしれない……そんな気持ちになった。
　不思議と怖いとは思わない。
　ただ、無性に……寂しかった。

　次の日も私は海へ向かった。
　もちろん、佐久良くんに借りた帽子を持って。
　午前中はおじいちゃんを手伝って家事をしたり、お使いに出たりしていたので午後から出かけたのだが、それを激しく後悔することになった。
　すっかり高くなった日差しは暴力的とも言えるほどで、ジリジリと手足が焼けつくように痛む。
　ただ歩くだけで汗が流れ、髪やシャツが肌に貼りつく感

覚がなんとも気持ち悪かった。
　……それでも。
「……わっ」
　昨日と同じように堤防を越えて砂浜に出ると、潮風が一気に体の熱を冷ましてくれる。
　もちろん灼熱の日差しも、うだる暑さも変わらないけれど、潮の香りの風はひんやり冷たく、この場所だけ気温が数度下がった気がした。
　眼前には青く透明な海。
　光る水平線が遠くかすんで見える。
　潮の匂いも、波の音も、キラキラ光るブルーも。
　すべてが海の圧倒的な存在感を鮮やかに彩っていた。
　……きれいだな。
　そう素直に思う。
　相変わらずの暑さも、今は気にならなかった。
　……そうだ、佐久良くん。
　目的を思い出してあたりを見渡すも、誰の姿もない。
　もっとも暑い時間帯に来てしまったせいか、釣り人１人いないのだ。
　どうやら、完全に空回り。
　よく考えればハッキリした約束などしていないのに、心のどこかできっと会えると楽観視していた私は、肩を落とした。
　……仕方ないか。せっかくだから少し散歩して帰ろう。
　昨日の失敗を生かし、足元はビーチサンダル。

底の薄いそれでペタペタと波打ち際に寄っていった。
　白い泡を立てながら波が打ち寄せ、離れていく。
　波の引いたあと、残された石や貝殻がピカピカと輝いている。
　私はゆっくりかがんで、とくに美しい貝殻を1つ手に取った。
　白い……小さな二枚貝。
　波に削られたのか、なめらかに丸みを帯びていた。
　よく見ると、足元の小石もつるんと丸い。
　波が何度も何度も打ち寄せ、こうして丸く削っていったのか。
　なぜだか、キラキラ輝く白い波が少し恐ろしく見えた。
「……ん」
　波打ち際をさらに歩いていくと、明らかに石や貝とは違う光を見つけた。
　丸々としたそれは、ひときわ強く光を反射している。
　拾い上げると、透明なビー玉。波に濡れ、滴をはじく。
　うっすら青い色を帯び、海を映し出していた。
「……きれい」
　光に透かしてみる。
　すると、わずかに虹が見えた。
　ビー玉にまとわりつく滴の1つひとつが、虹をまとう。
　こんなもの、子どものおもちゃなのに。
　私は、そのきらめきから目をそらせなかった。
　……だからだろうか。

近づいてきた足音に気づかなかったのは。
「……ずっとそこにいると、暑さにやられるよ」
「え?」
「でも、今日は帽子をかぶってる。……よくできました」
「さ、佐久良くん……!」

　いつの間に来ていたのか。

　佐久良くんが私のすぐそばに立っていた。

　昨日、私に貸してくれたのとは違う、麦わら帽子をかぶっている。

　その帽子の影から、にっこり笑顔を覗かせた。

「……こんにちは、松岡さん。すごい汗だよ、大丈夫?」
「え!?　あ……。ここは風が涼しいから、あんまり気にならなかった……」
「ダメだよ、熱中症になったら大変。……こっちにおいで」

　そう言って、私を波打ち際から砂浜のほうへと誘う。

　そんな彼の両手には、汗をかいたガラスの瓶が2本握られていた。

「一緒に飲もう。ラムネ、近くの店で買ってきたんだ」
「え?　……もしかして、私の分も買ってくれたの?」
「うん。海に来たら、松岡さんが波打ち際で遊んでるのが見えたから」
「……あ、ありがとう」

　ぼーっと歩いているのを見られたのか。

　ちょっと恥ずかしい。

　……でも。

「……ほら、冷たくておいしいよ」
　そう言って、ラムネの瓶を渡してくれる佐久良くん。
　私を気づかってくれたんだと思うと、その優しさがうれしかった。
　砂浜で飲むラムネは夏の味がする。
　甘さも炭酸の刺激もどこか儚くて、いつの間にか終わる小学生の夏休みみたい。
　それでも、気づかないうちにかなりのどが渇いていたのか、冷たいそれはとてもおいしく感じた。
　一気に半分くらい飲み干し、隣に座る佐久良くんに何気なく目をやる。
　彼はゆっくり一口ずつラムネを飲んでいた。
　瓶の中のビー玉がコロコロと、彼が飲むのに合わせて動いて、なんだかかわいい。
　あ、ビー玉……。
　私はふと思い出し、さっき拾ったビー玉をポケットから取り出した。
　透明な色、そして大きさ。
　たぶん、ラムネの中に入っているのと同じもの。
　誰かが私たちのようにここでラムネを飲んで、中から取り出したのだろうか。
　……うーん。でも、どうやって出したんだろう。
　ラムネの飲み口は小さく、ビー玉を取り出せる大きさではない。
　もちろん他に穴が開いているわけでなく……。

やっぱり瓶を割ったのだろうか。
「……どうしたの、松岡さん。難しい顔して」
「え」
「あ、もしかしてビー玉が欲しいの？」
「い、いや。そうじゃなくて……。さっき、そこでビー玉を拾ったから、ラムネの中のやつだったのかなって」
　佐久良くんの目の前に、拾ったビー玉を差し出す。
「……本当だ。きっとそうだね、ラムネのやつだ。どうやって取り出したんだろ」
「そう！　そうなの。私もそれが気になって考えてたの。割ったのかなー……うーん……」
「……ふっ」
　佐久良くんが突然吹き出す。
　そして、クスクスとおかしそうに笑った。
「……な、何。佐久良くん……私……何か変だった？」
「いや、違うけど。変わってないなって……」
「え……」
「松岡さん、中学のときも、よくそんなふうに考え事してたよ」
　佐久良くんは懐かしそうに目を細め、水平線へと視線を向けた。
「なんで今日の夕焼けはいつもより赤いんだろう、とか。なんでチューリップっていろいろな色の花が咲くんだろう、とか。……あと、なんでミカンって揉んだら甘くなるんだろう、とか」

最後の言葉はほとんど笑い声。
　口元を押さえ、肩を震わせている。
　……なんか私、すごくバカみたいじゃない？
　恥ずかしさが込み上げてきて、顔が火照っていく。
　夏の暑さとは違う熱さ……。
　まだ笑い続ける佐久良くんの顔がちゃんと見られない。
　私は彼から少し顔をそらすようにうつむき、残ったラムネを無言で飲んだ。
　さっきよりも炭酸がのどに痛い。
「……あれ？　松岡さん、どうしたの」
「な、何が」
「なんか機嫌悪くなってない？」
「べ、別にっ……！」
　飲み干したラムネの瓶を、砂浜に突き刺すようにドンと立てる。
　中のビー玉は、それでもきれいに虹を映していた。
　佐久良くんは、まだまだ残っているラムネをゆらゆら揺らしながら、こちらを覗き込んでくる。
　薄い色の目が私を映す。
　なぜかラムネのビー玉が思い出された。
「……中学のころの話をされるの、嫌だった？」
「別に、そんなことないけど……」
「けど？」
「なんか、佐久良くんが覚えてる私って、かなりバカみたいじゃない……っ。恥ずかしいし……」

「そう？　そんなことないだろ」
　佐久良くんは、本当にそう思っていないのか、キョトンとした顔で首をかしげる。
　それからなぜか少しだけ寂しそうに微笑むと、遠くを見るように海へと目を向けた。
「俺は松岡さんの、そういうとこ好きだったよ」
「え……!?　好、きって……っ」
「そんなふうに……いろいろなことを不思議そうに目を輝かせて見ているところ。松岡さんの目にはどんなふうに世界が見えているのか、ずっと気になってた。うらやましいと思うこともあったよ」
「うらやましい……？」
「うん。松岡さんには、きっとたくさんのものがすごく楽しそうに、きれいに見えているんだろうなって……」
　そう言った佐久良くんは、やっぱり少し寂しそう。
「本当に、バカにして言ってるんじゃないから。俺は、君のそういうところを……いいな、とずっと思っていたんだ」
「……」
　それは。
　いったいどういう意味なのか。
　……佐久良くん。
　中学のとき、好きだった人。
　その儚い美しさも、柔らかい物腰も、キャンバスに向かう真剣な眼差しも──。
　私にとってはすべて憧(あこが)れで、見つめているだけで胸が

きゅんと苦しくなった。
　……そんな佐久良くんが私のことを……。
　『好き』や『いいな』というのが、私が彼に感じていたような恋愛感情じゃないとしても、少なくとも好意的に思ってくれていたことは確かで。
　それはとてもうれしいことのはずなのに。
　心は高鳴るどころか、すとんと暗く落ち込んでいった。
「松岡さん……？」
「……」
　急に黙り込んだ私を、佐久良くんが訝(いぶか)るように見つめる。
　きっと暗い表情をしていたのだろう。
　佐久良くんの眉尻(まゆじり)が悲しげに下がった。
「なんか、ごめん。こんなこと突然言われても……困るよな」
「……違う……の。その……佐久良くんが悪いわけじゃなくて……」
「……」
「わ、私の問題っていうか……」
「え？」
　私は戸惑う佐久良くんを真っ直(す)ぐ見据え……すぐに目をそらす。
「……佐久良くんは、私のこと……本当に、変わってないって思ってくれているの？」
「……え？　それってどういう……」
「……中学のときのまま……あのころの私だって……」
「……松岡さん？」

「私っ、は……。私は……変わってなくなんてない……」
　ギュッと、砂を手で握る。
　さらさらのそれは手応(ごた)えなく、指の隙間から流れ落ちていく。
　まるで留(とど)めておけない時間の流れみたいに。
「変わっちゃったよ、私……。全部……」
「……」
　佐久良くんが戸惑ったように私を見ている。
　私の態度や言葉に、どう反応していいのかわからないみたいだ。
　……当たり前だ。
　さっきまで普通に話していたのに、急に機嫌を悪くして。
　しかも、佐久良くんは別にひどいことを言ったわけではない。
　それどころか、昔の私のことを好意的に話してくれていたのに。
　でも、私には……それが何よりつらい。
　だってもう何もないから。
　あのときの私と同じもの。
　私は変わってしまったから。
　家族も、友達も、居場所も、全部全部……。
「……松岡さん？」
「……っ」
「泣いているの？」
「……！」

佐久良くんにそう言われ、自分の頬に涙が伝っていることに気づいた。
　知らぬ間に、ぽろぽろ溢れる滴たち。
　鼻の奥が、つんと痛んだ。
「……や、やだ。ごめん……私……っ」
　慌てて涙をぬぐうものの、あとからあとから流れてきてうまくいかない。
　佐久良くんの顔はますます戸惑いの色が濃くなってきて、それが私をいたたまれない気持ちにさせる。
「……わ、私……今日は帰るね。変なこと言ってごめん。それじゃあ……っ」
「待って！　松岡さん」
　走り去ろうとした私の腕を、佐久良くんがつかんだ。
「……佐久良、くん？」
「……松岡さん……」
　戸惑った中に浮かぶ、真剣な眼差し。
　佐久良くんが私を真っ直ぐに見ていた。
「……な、何？」
「俺……俺は……」
「……」
　佐久良くんは何を言うのだろう。
　突然泣き出した理由を聞いてくるのか。
　自分のせいで泣いたと思い、謝ってくるのか。
　理由はわからずとも、ただ慰めてくれるのか。
　……でも、どれもうれしくないかもしれない。

なんて勝手なことを思っていた私に佐久良くんが言ったのは、思いもよらない言葉だった。
「……俺、君を描きたい」
「……え？」
「この町にいる間、松岡さんのこと描かせてほしい」
「……!?」
　本当に予想外の申し出に、私は言葉を失い立ち尽くした。

寂しいね

　おじいちゃんの家に来て3日目。
　今日も空は快晴。
　朝からセミの声が、うっとうしいくらいにうるさい。
「じゃあ、おじいちゃん、行ってきます。帰りに買い物してくるから……」
「おー。気をつけてな。夏くんによろしく」
「……」
　おじいちゃん。
　何も言っていないのに、どうして佐久良くんと会うってわかったんだろう。
　そんなに顔に出ているんだろうか……。
『君を描きたい』
　佐久良くんにそう言われたのが昨日。
　いきなりの頼みにどうしたらいいのかもわからず、自分がどう答えたいのかもわからず……。
　ただ佐久良くんの真剣な眼差しに押され、気づけばうなずいていた。
　つまり引き受けてしまったのだ。
　そして、さっそく今日からモデル開始。
　少しでも涼しい時間にと、午前中から佐久良くんに会う約束をした。
　場所はいつもどおり、あの海辺なのだけれど……。

どうして、引き受けてしまったんだろう。
正直言って後悔している。
初恋の人の頼みとはいえモデルなんて柄じゃないし、昨日あんなことがあったから、佐久良くんに会うのすら少し気まずい。
それに……。
あまり絵と関わりたい気分じゃない。
もうずっと、絵から逃げているから。

海辺につくと、すでに佐久良くんが待っていた。
麦わら帽子に、白いシャツ。
いつもと変わらないスタイル。
そしてテトラポットに腰かけ、海を見ながらスケッチをしている。
これから絵を描くというのに……。
本当に描くことが好きなんだな。
その姿にかつての自分を見つけた気がして、胸がチリリと痛んだ。
「……あ、松岡さん」
佐久良くんは、私が近づくとすぐに気づいてくれた。
そしてうれしそうな笑顔を浮かべ、テトラポットを下りてくる。
「……おはよう、松岡さん」
「おはよう。早いね。待たせちゃってごめんなさい」
「大丈夫だよ。俺が勝手に早く来たんだ。朝の海を描きた

くて……」
　佐久良くんはどこか満足げに笑った。
　どうやらすでに何枚かスケッチし終えているらしい。
「……ふーん。ね、ちょっと見てもいい？」
　眼前に広がるキラキラ輝く海。
　彼がこれをどんなふうに描き写したのか興味がある。
　でも佐久良くんはスケッチブックを閉じて、笑顔のままハッキリ首を振った。
「……ダメだよ。恥ずかしいから」
「え、でも、部活ではスケッチ見せ合ったじゃない」
「……それは……部活のときは見られるのが前提みたいだったから平気なんだよ。でも、これは……俺の日記みたいなもんだから」
　そう言った佐久良くんは、伏し目がちで本当に恥ずかしそうだった。
　いつも微笑んでいることが多い彼のそんな姿は新鮮で、なんだかかわいい。
　私はその表情に免じて、スケッチを見せてもらうのを諦（あきら）めることにした。
「……じゃあ、そろそろはじめようか。あんまり暑くなると大変だし」
　佐久良くんは『日記』だというスケッチブックをテトラポットに立て掛け、それとは違うクロッキー帳を取り出す。
　もう照れた様子もなく、いつもの儚くも凛（りん）とした佐久良くんだ。

「……う、うん」
　急に恥ずかしさが込み上げてくる。
　今から本当に佐久良くんのモデルをするのか。
　わかっていたことなのに、落ちつかなくてそわそわしてしまう。
「……ポ、ポーズとかは、どうしたらいいかな？　あ、やっぱり海のそばがいい？　それともテトラポットかな……」
「松岡さんの好きにしていいよ。動いてもいい」
「え……本当？」
「うん。そのままの松岡さんを描きたいから」
　微笑んでそう言う佐久良くん。
　その笑顔に、言葉に、モデルの恥ずかしさとは違う種類の照れで顔が熱くなっていく。
　そして同時に襲う苦しさ。
　今のありのままの私なんて……描く意味あるのかな。
「……松岡さん」
「え……」
「いいんだよ、そのままで」
「……」
　まるで見透かしたみたいな佐久良くんの言葉に、また泣きたくなる。
　どうして、そんなことを言うのかな。
　今の私のこと、何も知らないはずなのに。

　——それから1時間くらいだろうか。

佐久良くんはテトラポットに腰かけ、私を描いていた。
　その間、私は波打ち際を歩いたり、足だけ海に入って遊んだり、貝や石を拾ったり。
　彼の言葉どおり、自由に動いて過ごした。
　つねに感じる佐久良くんの真っ直ぐな視線はくすぐったかったけれど――。
　モデルは思っていたほど緊張するものではなかったし、絵に関わる自分を驚くほどすんなり受け入れられた。
　それは、さっき佐久良くんがくれた言葉のおかげかもしれない。

「……ふう」
　とは言え、１時間も波打ち際にいるとさすがに暑くて仕方ない。
　太陽もはじめのころに比べるとずいぶん高くなり、明らかに気温が上がってきているのを感じる。
　このあたりで休憩をしたほうがいいだろうか。
　そう思い佐久良くんの様子をうかがうと、この暑さをまったく気にもしていないように、ひたすら手を動かしている。
　さらさらと休むことなくクロッキー帳に私が描かれているのが、遠目からでもわかった。
　すごい集中力だ。
　ただ絵を描くというより、何か気力のようなものを注ぎ込んでいるようにも感じた。

「……さ、佐久良くん」
　少し、声をかけるのがはばかられる。
　だけどこのまま休憩なしに描き続けるのは、佐久良くんの体にもよくないはずだ。
　彼は療養でこの町にいるのだし。
「……佐久良くん！　そろそろ休もう」
　控えめに話しかけても気づいてくれなかったので、やや声のボリュームを上げる。
　そこでようやく彼は手を止めた。
「……ごめん。集中してた」
　佐久良くんはクロッキー帳から顔を上げ、ちょっと気まずそうに笑う。
「だと思った。でも、いったん休憩しよう。暑さで倒れちゃうよ。佐久良くんも、私も」
「……そうだね」
　佐久良くんはうなずき、クロッキー帳を閉じようとする。
「あ、待って。それは見せてよ。自分がどう描かれているのか見たい」
「でも……まだ下絵だから……」
「えー……もしかしてキャンバスで描き上がるまで見せてくれないつもり？」
「まあ……」
「もうー。そんなの待ちきれないよ。モデルには見せてくれてもいいじゃない」
「うーん……」

どうやら佐久良くんは、下描きを見られるのに抵抗があるらしい。
　そういえば中学のときもそうだった気がする。
　その気持ちはわからなくはないけれど、私だって自分がどう描かれているかわからないのは気持ちがよくない。
　少ししつこくお願いすると、佐久良くんはやや不本意な様子ながらも折れてくれた。
　眉尻を下げた困った笑顔でクロッキー帳を差し出す。
　ドキドキしながら私はそれを開いた。
「……わあ」
　……1時間の間にこんなにも描けたのか。
　クロッキー帳の中には、私が何枚も何枚も存在していた。
　それもとても美しく、息づかいを感じるほどに生々しかった。
　波打ち際を歩く私。しゃがんで貝を探す私。波に足を取られる私。
　ここに、私がいる。
　サラッとしたデッサン画ながら、1枚1枚確かな存在感を放っていた。
「すごい……」
　自分がこんなふうに描かれるなんて。
　佐久良くんの絵の才能と、そのすべてを写し取る眼差しをあらためてすごいと思った。
　……あ、でも。
　しばらく見とれていた私だが、あることに気づく。

クロッキー帳の中の私。絵の私。
　表情がどれも暗い。
　うつむいて、目を伏せているものばかり。
　ざっと描かれたデッサン画ですら、それがハッキリわかった。
　佐久良くんの絵が生々しいから、余計に私の陰うつな感じが伝わってくる。
　……これが、今の私。
　私はこんな顔で生きている。
「松岡さん、気に入らなかった？」
　何かを感じたのか、佐久良くんが心配そうに聞いてきた。
「……あ、ううん。違うの。佐久良くんの絵はすごいよ。でも……私ってこんな感じなんだなって……」
　そんな曖昧な言い回しでも、佐久良くんは察してくれたようだ。
　小さく肩をすくめながら、表情をいつもより優しく柔らかく崩す。
　機嫌を損ねた幼い子どもに笑いかけるように。
「……そうだね。今の松岡さんはいつもこんな顔」
「……」
「でも俺は……そんな松岡さんもいいと思うよ」
「……そんなこと……ないよ」
　だって私は、嫌いだもの。
　今の私も、私のまわりのいろいろなものも。
「……でも……ありがとう、佐久良くん」

それでも、彼の優しさがうれしかったから──。
　きっと暗い表情のまま、佐久良くんにお礼を言う。
　佐久良くんは相変わらずの柔らかい笑みを浮かべたまま、うなずいた。
「……また、これからも松岡さんを描いてもいい？」
　今度は私がうなずく番だった。
「それじゃ、今日はもう絵はおしまいにしよう」
　佐久良くんが荷物をまとめて立ち上がる。
「いいの？」
「うん。これからどんどん暑くなってくるし。そうしたら、集中できなくなっちゃうしね。それより商店街のほうに行って、何か冷たいものでも食べようか」
　どれだけ暑くても、佐久良くんの集中力は途切れないと思うけど……。
　冷たいものを食べるのは、正直言って賛成だ。
　私は二つ返事でOKした。
　堤防を越えて浜辺をあとにし、おじいちゃんの家と反対の道を行く。
　すると、すぐに小さな商店街が見えてきた。
　商店街と言っても、開いている店はほとんどない。
　しかもこの暑さのせいか、営業しているであろう店も、店の人は商品を出したまま奥に引っ込んでいる。
　泥棒に遭わないか心配になるけど、きっとこの町ではこれが普通なのだろう。
　私と佐久良くんは、商店街の中ほどにある駄菓子屋でア

イスを買うことにした。
　私はバニラバー。佐久良くんはスイカの形の棒アイス。
　店の奥に呼びかけると、店主らしきおばあさんがゆっくりと出てきた。
「おや、夏くん。いらっしゃい。あら、そっちは見かけへん子やな」
　おばあさんは私を見て、首をかしげる。
「あ、私は……」
「あー、もしかして哲郎さんとこのお孫さんか？　今、泊まりに来とるって聞いたわ」
　哲郎さん……おじいちゃんの名前だ。
　本当に町中が知り合いで、情報の伝達も早いらしい。
「……そうです。松岡麻衣子って言います」
「そうそう、麻衣ちゃんや！　思い出した！　大きなったなー。ちっちゃいとき、この町に遊びに来てたん覚えとる？」
「……あ、す、少しだけ」
　と言っても、この店もおばあさんも覚えていないけれど。
　おばあさんの人のよさそうな笑顔を見ながら、少しだけ申し訳ない気持ちになった。
「……それにしても、夏くんもやるやないの。さっそく麻衣ちゃんと仲良くなったん？」
　おばあさんのからかうような調子に、佐久良くんは苦笑いを浮かべる。
「もともと友達だったんだよ。俺たち、東京で同じ中学に

通ってたんだ。俺が途中で引っ越して、それっきりだったけど」
「あらー。ほいだら、偶然この町で再会したってことか。すごいな、この田舎でそんなことあるやなんて」
「……はは。確かにすごい偶然だよね。あ、おばあちゃん、アイスちょうだい」
　佐久良くんはこの店の常連なのか、かなり親しくおばあさんと話している。
　もっとも、それは彼が人当たりのよい性格だからかもしれないけれど。
　優しいおばあさんは、小さなお菓子をオマケにつけてくれた。
「……まあ、でもよかったな、2人とも。ここは海しかない田舎やけど、友達おるなら退屈せえへんな」
　そして、うちのおじいちゃんみたいなことを言う。
「それに夏くん、最近は体調いいみたいやね。こうして外に出られるようになってよかったな……」
　……え？
　佐久良くん……。
　外に出られなかったくらい体調を崩していたの……？
　そっと彼の様子をうかがうと、調子が悪いとは思えないくらい、けろりとした顔をしている。
　確かに顔色はあまりいいとは言えないけれど、それほど具合が悪そうには見えない。
　とはいえ、療養しているのだから健康なわけはないのだ

けれど。
　……でも、もしかしたら、こうしているのも無理をさせているんじゃ……。
　おじいちゃんには、佐久良くんの前であまり心配そうな顔をしてはいけないと言われているけど——。
　不安が溢れ、顔が引きつっていくのを感じた。
「……このまんま、体がよくなったらええなあ。いつまでも、この町におるのはつまらんやろし……」
「——おばあちゃん」
　しんみりと話を続けるおばあちゃんを、佐久良くんの落ちついた声が遮る。
「……ねえ、そんなことより、今日はシジミ来た？」
「え……ああー、まだやな。そろそろ昼ごはんやから、姿を見せると思うけど」
「それなら俺がごはんをあげるよ。缶詰ちょうだい」
「そうか？　ほいだら夏くんに頼もうかな」
　おばあさんは何かを取りに、店の奥へと入っていった。
　佐久良くんのあらかさまな話題のそらし方に気づいてないのか、それとも気づいていて何も言わないのか。
　少なくとも……彼が自分の体調について触れてほしくないと思っているのは私にもわかった。
　だから私もとりあえず忘れることにする。
　引きつった顔を引っ込め、できる限り明るく話しかけた。
「……ね、佐久良くん。シジミって何？」
　真っ先に思いつくのは、味噌汁(みそしる)によく入っている貝だけ

ど、話の流れからしてそれはないだろう。
　エサをあげるとか言ってたし。
「あ、野良猫だよ。松岡さん、猫は好き？」
「好き……だけど」
「じゃあ、アイス食べたら、一緒にごはんをあげに行こう。お昼くらいになったら、ごはんもらいにこの商店街にやってくるんだよ」
「え、野良猫が……？」
「うん。野良猫って言っても、もともとはこの商店街の中の本屋さんで飼われていた猫なんだよ。でも飼い主が亡くなって、本屋も閉店になっちゃってさ。ひとりぼっちになった猫を、商店街のみんなで面倒みてるんだ」
「……そう……なんだ」
　ちくん、と。
　猫の境遇に胸が痛くなった。
　自分と少し重ねてしまったのかもしれない。
「……夏くん、お待たせ。ほいだらこれ、頼むわ」
　奥から出てきたおばあさんが、猫缶を１つ佐久良くんに差し出す。
　ＣＭでよく見るメジャーなもので【高齢猫用】と書かれている。
　『シジミ』は、年寄り猫のようだ。
「ありがと、おばあちゃん。じゃあ、またね」
「はいはい。夏くん、また来てな。……麻衣ちゃんも」
「……はい。ありがとうございました」

おばあさんはニコニコ笑って見送ってくれた。
　私たちは買ったアイスを食べながら、商店街をブラブラ歩く。
　あまりの暑さに、食べている間にもアイスが溶けていく。
　アスファルトの地面は砂浜より暑く感じる。
　照り返しの熱もすごく、遠くに陽炎(かげろう)がゆらめいて見えた。
「……あれ」
　ほぼアイスを食べ終えたとき、陽炎の中を1匹の猫が歩いているのを見つけた。
「……あ、佐久良くん、あの猫じゃない？」
「本当だ。……シジミ、おいで」
　佐久良くんは閉まっている店の軒下……ちょうど日陰になっているところに行き、シジミに手招きをする。
　すると、すぐにシジミは寄ってきた。
　しかも、佐久良くんの足に甘えるように体を擦り寄せている。
　なーなー、と少ししわがれた鳴き声を上げながら。
　元飼い猫だけあって、人に慣れているのかもしれない。
「……シジミ、久しぶり。はい、今日のごはん」
　ひときわ大きな声で鳴き、シジミは猫缶を食べはじめた。
　佐久良くんは優しい眼差しでその様子を見つめている。
「……シジミ、元気だった？　少し痩(や)せたんじゃないか？」
　その言葉どおり、シジミはかなり痩せた猫だった。
　毛並みもいいとは言えないし、目の色も濁っているように思える。

病気というよりは年齢によるものかもしれないが、老猫にこの暑さはつらいのではないだろうか。
　せめて、涼しい家の中で暮らせたらいいのに。
　……おじいちゃんに言えば、連れて帰れるのかな。
「……ねえ、佐久良くん。シジミのこと誰も飼おうとしないの？　こうしてごはんをあげるだけじゃなくて、お家でお世話してあげたりしないのかな……」
　そう聞くと、佐久良くんは首を横に振る。
「……ダメなんだよ。みんながじゃない。シジミが、ね」
「……え」
「本屋さんが亡くなったあと、商店街の人の何人かはシジミを飼おうとしたんだって。ひとりぼっちにするの、心配だからね。でも、家に連れていっても、シジミのスペースを用意しても、シジミは出ていってしまう。出ていって……元は本屋だった空き家に帰ってしまうんだって」
　なー、と猫缶を食べ終わったシジミが甲高い声を上げた。
　佐久良くんはシジミの頭をそっと撫でてあげる。
　シジミは満足そうにのどを鳴らした。
　そののどには古ぼけた赤い首輪が巻かれている。
　飼い主であった本屋さんがつけたものだろうか。
「……こうしてごはんを食べてくれても、撫でさせてくれても。結局、シジミの家族は本屋さんだけなのかもしれないね。俺たちがその代わりになろうとしても、シジミ自身はそれを必要としていないのかもしれない」
「……」

ごはんを食べて撫でてもらって満足したらしいシジミは、ゆったりと歩き出した。
　そのまま陽炎の中へ消えていく。
　その姿が儚くて、もう二度と会えないんじゃないかと思ってしまう。
「……寂しくないのかな」
　思わず、そんなことをつぶやいてしまった。
　佐久良くんは首をかしげ、そっと私のそばに寄り添う。
　近くなった彼の気配に胸がどきりと跳ねた。
「……寂しいって、シジミが？」
「うん。だって、それじゃあ、もう誰もシジミの家族にはなれないってことでしょ？　シジミはこれからずっとひとりぼっちなんでしょ？」
「……そうだね」
　佐久良くんは、シジミがいなくなったほうを遠くを見るように眺めた。
　そこにはもうシジミの姿はない。
「でも、シジミ自身は案外平気なのかもしれないよ。だって、シジミの中には家族と過ごした思い出もあって、それが何より大切で。シジミは他に代わりがいらないほど、家族の記憶や存在で満たされているのかもしれない……」
「……そう……なのかな」
「……でもさ、俺たちは……ちょっと寂しいね」
「……」
「……もっとシジミのそばにいてあげたいよね」

「……うん」
　もしかしたら……。
　本当に寂しいのは、シジミじゃないのかもしれない。
　孤独で生きていくのは寂しいだろうと……シジミを見てそう思っている私たちが一番寂しいのかもしれない。
　どうしてだろう。
　胸が、痛い。
「……松岡さん」
「……え？」
「今日はもう帰ろうか。松岡さん、家で昼ごはん食べるんでしょう？」
「……ん」
　猫缶を片付け、商店街を出ていく。
　なんとなく足が重くてノロノロ歩いていると、佐久良くんが歩調を合わせてくれる。
　おかげで２人してやたらゆっくり歩いてしまっていた。
「……松岡さん、明日もまた会える？」
「……う、ん。大丈夫」
「じゃあ、また海で」
「うん……。あ、あと……」
「何？」
「またシジミに会いたいな……」
　佐久良くんが意外そうに目をしばたたかせ、それからすぐに、にっこり笑う。
　その笑顔は、なぜか寂しそうにも、少しホッとしたよう

にも見えた。
「うん。行こう。またごはんあげに行こう」
　そっと彼の手が私の手に触れた。
　ゆっくり、自然に絡められる手と手。
　私はドキドキしながら、きゅっとその手を握り返した。
　夏の空の下、私たちは初めて手をつなぐ。
　佐久良くんの手は、思っていたより大きく骨ばっていて、冷たかった。

凪
<small>なぎ</small>

【side 夏】

 松岡さんと別れたあと、俺はまた海に戻った。

 昼ごはんまでは、少し時間がある。

 できるだけ、まだ戻りたくはない。

 さっきまで松岡さんと一緒にいたからだろうか。

 １人でいつもの日常に戻るのは、なんだか気が重かった。

「……ふう」

 テトラポットに腰を下ろす。

 そして、いつもしているように海を眺めた。

 ここの海は、いつも比較的穏やかだ。

 町の人の話では、昔は荒れることもよくあったという。

 だけど何年か前に遊泳禁止になってから、嵐になるようなことはほとんどないらしい。

 まあ、もちろん天候が悪いときはその限りではないそうだけど。

 それでも、少なくとも俺がここに来て以来は、そんなに荒れているところは見たことがない。

「……もう１ヶ月くらいかな」

 この町に来てから、１ヶ月がたっていた。

 初めて来たのは、まだ梅雨のじめじめした長雨が残るころだった。

 念願の海のある町に来たのに、天気に恵まれず思うよう

に浜に出られないこともあったっけ。
　でもこの町の潮の匂いをはらんだ風は、俺をワクワクさせてくれた。
　なぜかはわからない。昔から海が好きだった。
　海のそばで暮らしたことなどないのに。よく海の近くに行きたいと強く……まるで帰りたいと願うみたいに……思っていた。
　そして、今、俺はこうして海のそばにいられる。
　毎日浜に出て、絵を描いて、優しい町の人に囲まれて。
「……俺は幸せだ」
　つぶやいた言葉に、なぜか胸がかきむしられるように苦しくなる。
　だけど、それを無理やり抑えつけた。
「俺は幸せだ……これで、いい……これでいいんだ。このまま……このまま静かに終わってしまえれば……」
　穏やかな海を見つめながら、何度も何度も繰り返す。
　この海のように、俺の気持ちも静かに凪いでいけばいい。
　もう明るい未来を望んだりしない。
　俺の願いは、このまま穏やかに終わること。
　ずっと憧れていた夏の海を眺めながら……。
　……だけど。
『佐久良くん……』
　心に浮かぶ１人の女の子。
「……松岡さんとの約束は守らないとな」
　もう強く願うことなんて諦めていたはずなのに。

松岡さんの悲しそうな顔が、つないだ少し震えた手が、勝手に思い出されて……。
　そうすると、凪いだはずの心がまた荒れていく。
　彼女にまた会いたいと。
　彼女のために、何かをしてあげたいと。
　強く、心が叫ぶのだった。

第2章

訪問者

　西日が差し込む美術室。
　飾られた油絵も、やや乱雑に置かれた石膏像も、描きかけのキャンバスも、橙色に染まっている。
　私はこの橙がとても好き。
　月並みな言い方になるけど、自然が生み出した色。
　これは太陽が作った絵の具だと思う。
　やがて下校を促すチャイムが鳴り響き、それまで部活にうち込んでいた生徒たちもいそいそと帰り支度をはじめた。そして、それは私も同じ。
　途中の絵をしまい、絵の具を片付け、エプロンを脱いで軽く身なりを整える。
　それから、まだキャンバスに向き合う同級生の１人に声をかけた。
　絵を描いているときの彼はすごく真剣で、本当はそれを中断させることにためらいを覚える。
　でも放っておいたら、彼は真夜中になっても絵を描いているかもしれない。
　ありえないだろうけど、そう思えるのだ。
『……佐久良くん、下校時間だよ』
　何度か呼びかけると、ようやく彼……佐久良くんの筆は止まった。
『……ああ、松岡さん』

『今日はもう帰ろう。美術室、閉めちゃうって』

そう言って、私はこちらの様子をうかがう先輩たちを指さした。

佐久良くんは『すみません』と先輩に一礼し、少し慌てた様子で片付けをはじめる。

そして描きかけの絵を大事そうに抱えると、準備室の奥へと運んでいった。

……佐久良くんの絵。

それは一面のブルー。

鮮やかな、真夏を思わせる海の絵だった。

『……ね、あれってどこの海?』

その日の下校時、私は佐久良くんに尋ねてみた。

とても鮮やかなその海は、ビルに囲まれたこの街からは見られないはずだ。

『とくに考えてないんだ。写真とかで見た海のイメージっていうか……。俺、昔からあんまり外出しなくて、本物の海って見たことないから』

『そうなの?』

『うん。だから憧れているのかもしれない。いつか……のときは、海の近くがいいな』

『……え?』

最後のほうがよく聞き取れず、聞き返す。

だけど、佐久良くんは曖昧に微笑むだけで答えてくれなかった。

そうしているうち、私たちは分かれ道に差しかかる。

『……じゃあ、私、こっちだから。スーパーで買い物してから帰るの』
『そっか。松岡さんって家事を自分でやっているんだっけ。大変だね』
『全然。もう慣れたし。お父さんは仕事が忙しいから私ができること頑張らないと』

　じゃあね、と私たちは手を振って別れた。
　私はそのまま駆け足でスーパーへと向かう。
　……小学生のときにお母さんが死んでから、家のことは私がほとんどしている。
　そのせいで、まわりの友達に比べて自由な時間は少ないかもしれない。
　でも私は、それを大変だなんて思わない。
　家事はそれなりに楽しいし、何より仕事が大変なお父さんの助けになりたい。
　だってお父さんはたった1人の家族。
　お父さんには私しかいないんだもん。

「……夢」
　カーテンの隙間から差し込む眩しい朝日で目が覚めた。
　時計は6時半。
　少し早いけれど、おじいちゃんもそろそろ起きてくるだろうからちょうどいいや。
　もう起きることにしよう。
　布団を片付け窓を開けると、早くもセミの鳴き声が聞こ

えてきた。
　早朝だというのに、すでに太陽はギラギラ輝いている。
　今日もきっと暑い1日になるだろう。
　……それにしても、なんだか懐かしい夢を見た気がする。
　中学時代の夢。
　私と佐久良くんの夢。
　こっちに来てからもう1週間以上がたった。
　その間、ほとんど毎日佐久良くんと一緒にいるから、あんな夢を見たのだろう。
「……お父さん……」
　ため息と一緒にこぼれた、家族のこと。
　……こっちに来てから10日以上たった……けど、お父さんから連絡は一度もない。
　朝食を終えて、おじいちゃんの家の家事を簡単に済ませると、海へ向かう。
　もちろん佐久良くんと会うために。
　佐久良くんに海で会って、絵のモデルをして、商店街へシジミにごはんをあげに行く……。
　すっかり毎日の習慣になっている気がする。
　それが、嫌ではないけれど……。
　ふと、いつまでこんなふうに会えるのだろうと、たまらなく不安になるときがある。
　私はいつまでこの町にいるのだろう。
　いや、いつまでいてもいいのだろうか……。
「……夏休みがはじまったのか」

私より遅れて海にやってきた佐久良くんが、苦笑いしながらつぶやいた。
　私は少しうんざりしながらうなずく。
　いつもの浜辺。
　暑さと遊泳禁止のため、ほとんど人のいない静かな浜辺。
　……ではなく、小学生と思われる子どもたちが、砂浜を縦横無尽に駆け回っていた。
　砂を掘り返したり、裸足でドッジボールをしたり、磯で蟹や魚を探したり……。
　さすがに泳いでいる子はいなかったものの、波打ち際で遊んでいる子が多い。
　きゃーきゃーと騒がしい声が、波の音をかき消すくらい響いていた。
「……ここに来たばっかりのときの松岡さんみたい」
「こんなに騒いでなかったもん」
　お互い、なんとなく困った顔で目を合わせながら肩をすくめる。
　小さな町といえど、普通に学校は建っているし、子どもだっている。
　ただ、今までは授業があったため、どちらかといえば午前中に行動していた私たちは、あまり子どもに会うことがなかった。
　でも、すっかり日付の感覚がなくなっていて気づかなかったけど、世間は夏休みになっていたようだ。
　私たちの偽物の夏休みでなく、本当の夏休みに。

……朝から元気だなあ。
　この町の子どもたちにとって、砂浜は公園のようなものみたい。
　おそらく夏休みが終わるまで、海は毎日こんな感じで賑わっているのだろう。
「……佐久良くん、どうしようか」
「んー、俺は別に、いつもどおり描いてもいいけど」
「……！　わ、私は無理……っかも……」
　佐久良くんは絵に集中すると周囲が気にならなくなる人だから、そう思うのだろうけど……。
　私は、さすがに子どもが駆け回る中で絵のモデルをするのはきつい。
　集中できる気がしないし、何より子どもたちの好奇の視線が気になって仕方ない。
　今でもひそひそ『見ろや、デートや』、『カップルや、カップル』なんて、得意気にウワサしているのが聞こえてきているのだ。
　この子たちの前でモデルになり、絵を描いてもらうなんて……何を言われるか。
「……きょ、今日はやめない？　絵を描くにしても、その、場所を変えて……」
　私の様子に何かを察したのか、佐久良くんが吹き出す。
「わかった。いいよ。じゃあ、今日はどっか違うとこに行こうか」
「う、うん。……と言っても、この町に何があるのかな」

「うーん……」
　──何もない。
　おそらく私たち２人の心に同時に浮かんだ答えは、そんな失礼なものだった。
「ははっ、は……」
「あはは……」
　それを誤魔化すため、引きつりながら笑い合う。
「……ま、まあ。適当でいっか。ほら、商店街とかさ。今日もシジミにごはんあげるでしょ？」
「うん。そうだね。……あれ？」
　ふいに佐久良くんが堤防の階段のほうを見て、小さく声を上げる。
「……シジミ？」
　そして驚いたようにつぶやいた。
　私も彼の視線を追う。
　すると確かに見覚えのある猫が、少しおぼつかない足取りで堤防から下りてくるところだった。
「……わわ、シジミ。どうしてここに？　もしかして海が好きなの？」
「今まで海のほうに来たことなんかなかったけど……」
　佐久良くんが堤防のほうへと近づくと、シジミはうれしそうに彼へと寄っていく。
　いつもより甘えたように鳴くと、佐久良くんの足にまとわりつくように体を擦り寄せた。
「……なんかすごく甘えているね」

「うん……変だな」
　佐久良くんは少しだけ暗い顔でシジミの頭を撫でた。
　私もシジミの乾いた毛並みにできる限り優しく触れる。
　心なしかシジミの毛は、いつもより柔らかく弱々しい気がした。
「シジミ、どうしたの？」
　佐久良くんが尋ねるも、当たり前だけどシジミは何も答えない。
　ただ彼に撫でられることがうれしいというように、ゴロゴロのどを鳴らしていた。
　結局、シジミを連れて商店街へ行くことになった。
　堤防をのぼり、商店街に続く道をゆっくりと歩く。
　シジミは佐久良くんに抱きかかえられ、安心しているのか大人しくしている。
　その様子はかわいかったけれど、同時に違和感を覚えた。
　最近は、ほとんど毎日、佐久良くんがシジミにごはんをあげていたし、シジミも彼になついているのは知っていたけれど……。
　今までのシジミはどこかで人間と一線を引いているような、本当の意味では馴れ合わない感じがしていた。
　それが、まるで佐久良くんにすべてをゆだねるように、もたれかかって甘えている。
　いや、甘えているというよりは、まるで……。
「……どうしてシジミ、海まで来たのかな」
　そうつぶやく佐久良くんの表情もなんだか不安そうだ。

シジミを優しく撫でながら、心配そうにため息までついている。
「まるで、何か伝えたいことがあるみたいだ……」
「……そんな、考えすぎだよ。きっと、夏休みで、どこにいても子どもがうるさいからだよ。静かなところを探してうろうろしていたんじゃない？」
　本当は、私も佐久良くんと同じように思っていたけれど、あんまりにも佐久良くんが心配そうにしているから、つい冗談みたいに流してしまう。
　佐久良くんは少し固い笑顔で、「そうだといいな」とつぶやいた。
　こういう顔をすると、佐久良くんの儚さが際立つ。
　そして、やたら白い顔色や細い首筋、ときどきこぼれる小さな咳が気にかかってしまう。
　いつもは明るくて、ニコニコしているから忘れてしまうけれど……そのうちに、彼はふっと消えてしまうんじゃないだろうか。
　そんな恐怖でいっぱいになってしまう。
　……手を、つなぎたいな。
　佐久良くんが消えないよう。
　いなくなってしまわないように。
　その手をつないでおきたい。
　気づけば、私は彼へと手を伸ばしていた。
「……麻衣ちゃん……!?」
「……！」

でも、その手は突然の呼び声にピタリと止まる。

私を呼ぶ、穏やかな女性の声。

誰の声かは知っている。

全身に緊張が走るのがわかった。

「え？」

佐久良くんが固まった私の代わりに、声がしたほうを振り返る。

それから遠慮ぎみに、「誰か呼んでいるよ」と私を促す。

そう言われれば無視するわけにもいかず、私は緊張を全面に出した表情のまま振り向いた。

立っていたのは、日傘をさした女の人。

長い髪を後ろで１つにまとめた上品な雰囲気の人。

私と目が合うとパッと笑顔を見せた。

「やっぱり……！　麻衣ちゃんっ……あの、元気だった？」

「……」

「……今ね、こっちについたのよ。おじいさんから麻衣ちゃんは海に行っているって聞いて見に来たんだけど……会えてよかったわ」

「……何しに来たの？」

自分でも引くくらい冷たい声が出た。

隣の佐久良くんがビックリしたように目を見開く。

「……あ、えーと。麻衣ちゃんの高校、夏休みになったの。それでプリントとか宿題とかを持ってきたのよ」

「郵送すればいいのに……」

「……そうね。でも、クラスの友達のお手紙とかも入って

いたから、なるべく早く届けてあげたくて」
「友達……？」
　自分の顔が引きつるのがわかる。
　抑えられない苛立ちがどんどん湧き上がってきた。
「そうよ。今の学校の子たち。みんな、麻衣ちゃんのこと心配しているみたいよ。夏休みが明けたら学校に戻ってきてほしいって……」
「っ、うるさいなあ！　あずささんに関係ないじゃん！」
「……麻衣ちゃん……」
　彼女の日傘が傾く。
　悲しそうに顔を伏せ、一歩あとずさった。
「私、あんな学校嫌いなの！　もう、ほっといて!!」
「──松岡さん……！」
「……っ!?」
　苛立ちに身を任せて叫ぶ私を、佐久良くんの静かな声が引き止めた。
　静かだけれど……とても厳しい眼差しで私を見ている。
「……さ、佐久良くん」
　佐久良くんは人差し指を立て、口に当てた。
「ダメだよ」
「……あ」
　見ると、佐久良くんの腕の中でシジミが体を丸くし、小さくなっている。
　私の大声に怯えたことは明らかだ。
「ご、ごめん……。シジミも……ごめん」

慌てて声を落としシジミを撫でるけれど、その体は小さく震えていた。
　……私、何をしているんだろう。
　様子のおかしいシジミの前で、こんなふうに怒鳴り散らすなんて。
　……最低だ。
「……麻衣ちゃん、ごめんなさい。私、もう帰るから。宿題やお手紙はおじいさんに預けてあるからね」
「……」
「それじゃあね、麻衣ちゃん。体に気をつけてね。また連絡するから……」
「……しなくていい」
「……」
　悲しそうに目を伏せて、彼女は去っていった。
　残された私たちの空気は重い。
　佐久良くんの顔からはいつもの笑顔は完全に消えていて、私を鋭い目で見つめている。
　でもそれは私を責めるというより、心配しているようだった。
「……佐久良くん、ごめんなさい」
「どうして謝るの？」
「だって、その……私、怒鳴ったりして嫌な思いしたよね」
「ううん、してないよ。俺は嫌な思いなんてまったくしてない。でも、松岡さんはもっと他に謝るべき人がいるんじゃないかな……」

「それは……」
「……今の女の人、誰なのか聞いてもいい？」
「……」
　なー、とそれまで黙っていたシジミが鳴き声を上げる。
　きちんと答えろ、と私を急かしているみたいだった。
　私は観念して口を開く。
「……再婚相手、お父さんの」
「……」
「あの人が来てから嫌なことばっかり」
　じわ……と視界がゆがんだ。
　涙が目にたまり、ゆっくり頬を伝う。
「松岡さん……」
　佐久良くんが少し不器用な手つきで、その涙をぬぐってくれた。
　何も言わず、ただ触れてくれるその行為に、ひどく安らぎを感じる。
「……佐久良くん……少しだけ、私の話を聞いてくれる？」
「……うん」
「私ね……あの人とケンカして、家にいづらくなって、この町に来たの」
「……そう……」
「お父さんは、いつも、あの人の味方。私に……新しいお母さんはいい人だから、仲良くしなさい、もっと素直になりなさい、あまり彼女を困らせるな……そんなことしか言わない」

「……」

「わ、私……今までお父さんのために……お父さんを支えたくて頑張ってきたのに……。お父さんは、もうきっと、あの人のほうが大切なの……私や……死んだお母さんのことなんて……もう、もう……」

　ここに来てから１週間。

　お父さんからはまったく連絡がなかった。

　メールの１通も来なかった。

　私も送らなかったので、おあいこかもしれない。

　それでも心の奥で期待していた。

『元気か？』

　そんな、たった一言だけでも。

　それなのに……。

『元気だった？』

『みんな、麻衣ちゃんのこと心配しているみたいよ』

　そう言ったのは、お父さんじゃなくてあの女の人だった。

　いきなり私たち家族に割り込んできた……元は他人。

　ねぇ……どうして……。

　ぶわっ、と自分で驚くくらい涙がこぼれ、焼けたアスファルトに落ちていく。

　佐久良くんはそんな私をそっと抱き寄せて、泣き顔を隠すようにしてくれた。

　彼の胸に抱かれたシジミが、私を慰めるように顔を寄せてくる。

　それが悲しくて、さらに涙が溢れ出した。

「うっ……うう……ううう……」
　涙の滴が地面に落ち、アスファルトにシミを作る。
　そのシミは焼けつくような太陽の光にさらされて、あっという間に蒸発して消えていく。陽炎のように。
　この町の陽炎は、こうして誰かの涙を消しながら生まれるのだろうか。
　佐久良くんの体温とかすかな汗の匂いを感じながら、そんなことをぼんやりと考えていた。

あの日の出来事

　それは中学3年生の初冬。
　高校受験を控え、いよいよ志望校も最終決定しようかという時期だった。
「……麻衣子、少し話がある」
　珍しく早めに帰ってきたお父さんが、夕食のあと、真面目な顔で私にそう言った。
　私はその様子に少し不安になったけれど、ちょうど自分もお父さんに話したいことがあったので、素直に従った。
　リビングのソファにお父さんと向き合う形で座る。
　お父さんは少しの間、迷うようにそわそわしていたけれど、やがて真っ直ぐ私を見据えた。
「お父さん？」
「……麻衣子、もうすぐ受験だな」
「う、うん」
「志望校は決めたのか？」
「あ、うん……！　あのね……」
　それは、まさに私がお父さんに話したいと思っていることだった。
　うれしくなり、ちょっとはしゃぎながら、家からやや離れたところにある高校の名前をあげた。
　制服がかわいいと評判の学校で、美術部も部員が多く充実しているらしい。

それに、一番の親友であるカオリもそこを受験すると言っている。
　私たちは一緒に合格できるように頑張ろうね、とお互い励まし合っていた。
「……ね、そこでいいでしょ、お父さん」
「ああ、んー……」
「確かにちょっと偏差値は高いけど、今の私の成績なら大丈夫って先生も言ってるの。ねえ、私、勉強頑張るから」
「いや、その、な……麻衣子……」
「ん？」
「じつは、父さんな……転勤が決まったんだ」
「……転、勤？」
　それはまさに寝耳に水の出来事。
　予想もしなかった言葉に私の思考は完全に固まった。
「父さんの会社な、大阪に支社ができることになって……そこの支社長になるよう辞令が出たんだ」
「……おおさか……」
　オウム返しに、お父さんの発した単語を繰り返す。
　大阪……。
　そんな遠いところに行くなんて。
　当たり前だけれど引っ越しをしないといけない。この街を出ていかないといけない。
　高校だって……。
　カオリと約束していたところに行けないんだ。
「麻衣子……」

お父さんが申し訳なさそうに私を見る。
「すまん。高校受験の大切なときに。せっかく行きたい高校も決まっているのに……」
「……お父さん」
　ひどくつらそうなお父さん。
　そんな顔をしてほしいわけじゃない。
　お父さんはいつも仕事が忙しくて、それでもきちんと私との時間も作ってくれていて、毎日毎日、大変そうだった。
　詳しいことはわからないけれど、支社長になるというのは、きっと出世……おめでたいことだ。
　忙しいお父さんが報われたんだ。

　それなのに、私がお父さんを悲しませてどうするの。
　……しっかりしなきゃ、麻衣子。
　私はちゃんとお父さんを支えないと。
　だって……私たちは2人きりの家族。
　お父さんには私しかいないんだもん。
「……なんで謝るの、お父さん」
　私は精いっぱいの笑顔でそう言った。
「すごいじゃん、支社長なんて。よかったね。私なら大丈夫だよ。大阪行ったことないから、むしろ楽しみ……！」
「麻衣子……」
「大阪ってＵＳＪあるんでしょ。行ってみたかったの。ね、引っ越したら一緒に行こうよ」
「……ああ。そうだな」

お父さんの顔が柔らかくほころんだ。
「高校も向こうにきっといいとこあるだろうし。今から調べて、勉強頑張るよ。ね、大阪行っても一緒に頑張ろうね」
「……ああ」
　深くうなずき、小さく笑顔を浮かべるお父さん。
　その様子に私は胸を撫で下ろす。
　本当は友達と一緒の高校に通えないことも、遠い場所に引っ越すことも不安でたまらなかったけれど……。
　お父さんが私のせいで悲しむのが何よりつらいから、これでよかったのだ。
「……大阪でも友達できるかな。ちょっと言葉が違ったりするだろうし、ドキドキしちゃうよ」
「大丈夫だよ。麻衣子は明るい子だ。きっといい友達ができる」
「えへへ、そうかな」
「ああ……。それにな、今までみたいに、お前が家事に時間を取られることもなくなるから、友達とたくさん遊べるようになるよ」
「……え？　それってどういうこと？」
　お父さんは二度目の『じつは』を口にした。
　さっきよりも言いづらそうに。だけど、さっきよりも少しうれしそうに。
「じつは……再婚を考えている人がいる。前から付き合っていた人なんだが、今回の転勤を機に籍を入れて、一緒に大阪に来てもらうつもりなんだ」

「……え」
 今度こそ。
 私は頭が真っ白になり絶句した。
 ぐわん、ぐわん、と頭痛のような耳鳴りがする。
 ぐらぐら揺れる頭の中で、今までの思い出が駆け巡っていく。
 おとうさんと、そして……お母さんの笑顔。
「……」
「急な話で驚いただろう？ 今度、相手の人を紹介するよ。父さんの会社で以前働いていた人で、優しい人なんだ。きっと、麻衣子とも仲良くやれる」
「……どうして？」
「え？」
「……」
「麻衣子？」
「……」
 ——それから、私はお父さんとは一言も話さずに部屋へ戻った。
 そしてベッドに横になり、ただぼんやり天井を見つめる。
 胸がズキンと痛んだ。
 『再婚』の言葉が頭の中を巡る。
 お父さんは選んだ。
 お母さんじゃない人を。
 裏切られたと思った。
 お父さんは裏切ったんだ。

私を……お母さんを。
　どうして？
　どうして再婚なんてしようと思ったの？
　どうしてお母さん以外の人を好きになるの？
　どうして私以外の家族を迎えようとしているの？
　どうして？　どうして？
「……どうして？　私……私は……」
　涙が止まらない。
　苦しくて、悲しくて、悔しくて……。
　そして……。
　泣き疲れて眠るまで、その夜は涙を流し続けていた。

『ただいま！　お母さん！　お母さん、いる!?』
　あれは、初夏の昼下がり。
　とても暑い日だったと記憶している。
　小学校が終わると、私は一目散に家に帰った。
　だって、今日はお母さんが帰ってくる日。
　最近、ちょっとだけ体調のいいお母さんは、ほんの数日だけど、家に戻っていいことになったのだ。
　私が学校に行っている間に、お仕事を休んだお父さんが、お母さんを迎えに行ってくれているはずだった。
『お母さーん！　お母さん！　ただいまー！』
　玄関から力いっぱい叫び、家の中へ入る。
　靴を脱ぐのももどかしく、転けそうになってしまった。
『……あらあら賑やかね。お帰りなさい、麻衣子』

キッチンの扉がゆっくり開く。
中からニコニコ微笑んだお母さんが出てきてくれた。
『お母さん!』
　私は勢いよくお母さんに抱きつく。
　お母さんの柔らかいシャツからは、いつもの病院の匂いとは違う、洗剤のいい匂いがした。
　それだけで、お見舞いで会っていたときとは違うと実感し、涙が出るほどうれしかった。
『お母さん、お母さあん……。お帰り。お帰りなさい……』
『麻衣子、ただいま……。ごめんなさいね、寂しい思いをたくさんさせて』
『ううんっ!　大丈夫!　だって、お父さんがいてくれたもん!』
『……そう』
　お母さんが笑う。
　でも、その笑顔はなぜか寂しそうだった。
『……あ、あのね、でもね、お母さん。やっぱりお母さんが家にいてくれるのが一番うれしいよ』
『麻衣子……』
　お母さんが私を強く抱きしめた。
『お母さんも、よ……』
少し詰まったようにそうささやく。
『お母さんも、こうして麻衣子とお家で一緒にいるのが幸せ。麻衣子と……お父さんと、お話ししたり、ごはんを食べたりできるのが幸せ。麻衣子とお父さんと……家族3人

でいられれば、それが何よりも幸せなのよ』
『お母さん……』
　私はお母さんを抱きしめ返す。
　お母さんはすっかり痩せてしまっていたけれど、それでも温かく、柔らかかった。
『……おやおや、お前たち。いつまで廊下でそうしているんだ。早く中に入りなさい。リビングで3人、ゆっくり話をしよう』
　お父さんが、ずっと抱き合っている私たちを見て、苦笑いを浮かべた。
『……麻衣子、お帰り。今日からはしばらく家族みんな一緒だよ』
『うん！』
　私はお母さんとお父さんの2人に手を引かれて、リビングへと入る。
　2人の手の温かさが、3人でいられるということが、本当にうれしかった。
『……麻衣子、今日はね、晩ごはんに麻衣子の好きなもの作ってあげるね』
『あ、もしかしてロールキャベツ？　うれしい！　お母さんのロールキャベツ大好き！　……でも、体は大丈夫？』
『うん！　お母さん、麻衣子のためならいくらでも元気になれるんだから』
『わあい！　お母さん、大好き！』
　お母さんに体を擦り寄せて、甘える。

お母さんの匂い、温かさに包まれて、とても幸せだった。
　それから、お父さんとお母さんと家で過ごした数日間は、今でも私の大切な思い出。
　……それが、最後の思い出になるのだけれど。
『家族３人でいられれば、それが何よりも幸せなのよ』
　そんなお母さんの言葉が、頭を巡る。
　いつまでもいつまでも……。

　大阪への転勤の話をされた日から、すぐに再婚相手を紹介された。
　うちのリビングのソファで、当たり前のようにお父さんの隣に座る女性。
「……高松あずさです」
　そう名乗った彼女は、お父さんと同じ年くらい。
　少し茶色い髪に、一重のたれ目。
　お母さんとは全然似ていない。
　お父さんがどうしてこの人を選んだのか、私にはまったく理解できなかった。
「麻衣ちゃん、よろしくね」
「……」
　優しく私に笑いかける彼女を私は無視して、黙り込む。
「麻衣子、ちゃんと挨拶しなさい」
「あ、いいんですよ。優一さん。突然だもの、戸惑うのも当然だわ。……麻衣ちゃん、ゆっくりでいいから、たくさんお話できるとうれしいな」

「……」
「麻衣ちゃん、絵を描くのが好きなんでしょう？　じつはね、私も学生時代美術部だったの。今度、よかったら麻衣ちゃんの絵を見てみたいな」
「……」
「……麻衣ちゃん、あのね、今は突然で戸惑うかもしれないけれど、私たちきっといい家族になれると思うの」
　ずっと黙り込んでいた私は、ゆっくりと口を開いた。
「……家族？」
「う、うん……。いきなりはそう思えないかもしれないけれど、私は、いつか麻衣ちゃんのお母さんになりたい」
「……」
　その言葉に、私の中で何かが崩れる音がした。
　そうとは気づかないあずささんは、私の手を握手するようにそっと握る。
　温かいその手は、それでも記憶の中の『お母さん』のものとはまったく違っていた。
「……麻衣ちゃん。焦らなくていい。ゆっくり家族になりましょうね。麻衣ちゃんと、優一さんと３人で」
「……３人」
　次の瞬間。
「……っ！」
　気づけば、あずささんの手を思いきり振り払っていた。
　怖かった。嫌だった。
　このままあずささんに手を握られていたら、『お母さん』

の手の感触を忘れてしまいそうで。
「……あなたは『お母さん』じゃない!」
「麻衣子! なんてこと言うんだ!」
「うるさいな……! 再婚は別にいいよ、好きにして。でも、私は仲良くするつもりなんてないし、家族だなんて思わないから……!」

そう叫ぶと、お父さんは目を見開き、あずささんは悲しそうに目を伏せた。

その傷ついたような様子が、私を余計にイライラさせた。

それからお父さんの転勤も再婚も予定どおり進み……。

3月、私たちは大阪に引っ越した。

高校は新居近くの学校を受験して、無事に合格。

家から近いというだけで選んだその学校は、セーラー服でスカーフの赤色がものすごく趣味じゃない。

カオリや他の友達とは引っ越ししてしばらくはメッセージや電話をしていたけれど、高校がはじまるとその頻度は減った。

たまにするメッセージも新しい学校や友達の話題が増え、私はそれについていけなくなる。

私は……高校でまわりに馴染めずにいたから。

まったく知り合いのいない新生活。

方言や言葉のイントネーション。

土地勘もなく、会話に出てくる出身中学や、近くで人気のスイーツショップの話もわからない。

いつの間にかできていく友達グループが、関西弁で楽し

そうに談笑する声。
　そしてそれに加われない私。
　関西弁の飛び交う教室では、自分のイントネーションや話し方が気になって、うまく言葉を発することができない。
　たぶんそのきっかけは、入学式後のクラスでの自己紹介。
　みんな簡単に、出身中学や入りたいクラブなどを言っていく。
　イントネーションは、東京にいたときもテレビで時折耳にしていた関西弁。
　それだけで今まで過ごしてきた教室と何か違うものを感じて、緊張が高まっていった。
　やがて回ってくる順番。
　立ち上がった私に、クラスメイト……とくに女子の視線が集まる。
『……ま、松岡麻衣子です』
　そう言ってから出身中学を告げると、近くの席から『どこ？』という小さな声が聞こえた。
『どこ中って？』
『さあ、聞いたことないなあ』
　ヒソヒソと聞こえる関西イントネーション。
　そりゃあ、彼女たちにとって私の中学は知らなくて当然で、会話にそれ以上の意味はないのかもしれない。
　でも、ただでさえ緊張しているこの場で、自己紹介中に聞き慣れないイントネーションでヒソヒソ話をされるのは、私にはものすごいプレッシャーだった。

結局、そのあとは、『父の仕事の都合で東京から引っ越してきました』とだけつけ足して、さっさと終わらせた。

　美術部に入っていたことすら言えなかった。
　いや、それどころか『仲良くしてください』さえ。
　着席すると、また小さな内緒話が聞こえる。
『……東京からやって』
『そっかー。なんかちょっとちゃうなーって思ってん』
　たったそれだけの、会話とも言えない会話。
　おそらく陰口ですらない。
　だけど、それは私ののどを詰まらせて、おしゃべりを下手にするには充分だった。
　そうか……。
　私はやっぱり"何か違う"んだな。
　その小さな小さな言葉は、いつまでもしこりのように残っていた。
　そうしているうち、友達が１人もできないまま、高校生活はひと月、ふた月と過ぎていった。
　入ろうと決めていた美術部も、見学に行く勇気が出ずに見送りに。
　……これが東京なら。引っ越しなんてしなければ……。
　そう思えば思うほど、言葉は出ない。それどころか、笑うこともできない。
　カオリの高校生活が楽しそうでキラキラして見えて……メッセージをするのが苦しい。

やがて返信をするのがつらくなり、カオリからの連絡も減っていき、メッセージのやりとりは途絶えてしまった。
　すると、ますます苦しくなる。自分で関係を断つようなことをしておいて……。
　誰ともほとんど話すことなく学校を終え、重い気持ちで家に帰ると、迎えてくれるのは顔も見たくない人。
「お帰りなさい、麻衣ちゃん」
「……」
　玄関まで出てきたあずささんを無視して、私は自室へと向かう。
　1人にしてほしいのに、あずささんはついてきて話しかけてきた。
「あ、お、おやつあるわよ。麻衣ちゃん、シュークリームが好きだって聞いて買ってきたの。ご近所の山口さんが、おいしいお店を教えてくれて」
「いらない」
「……そ、そう。友達と何か食べてきたのかしら？」
「関係ないでしょ」
　友達なんて、いないし。
　あなたは、ここでうまくやっているのかもしれないけど。
　わざとバンッと大きな音を立ててドアを閉めると、その向こうからあずささんのため息が聞こえてきた。
　……何よ、傷ついたふりしないでよ。
　嫌なのはこっちのほうだよ。
　あずささんさえ来なければ、お父さんと2人でうまく

やっていたのに。
　いい人ぶって、母親ぶって、私にこびを売ってきて。
　——バカみたい。
「……嫌い。あんな人」
　そうつぶやくと、心がますます重くなる。
　そして、苦しくなる。
　自分の発した言葉に潰されそうになる。
　どうして私は、こんな重い言葉しか言えないのか。
　本当は……私だって……。
　私は机に飾っているお母さんの写真を抱きしめ、そのままベッドに潜り込んだ。

　7月がはじまっても、私には友達がいなかった。
　クラスでは、同級生がときどき私を見ながらヒソヒソ何かを話しているのがわかる。
　まったく友達のいない私をバカにしているのだろうか。
　家ではあずささんとうまくやれず、お父さんはそんな私を叱る。
　『新しいお母さんと仲良くしなさい』と言われるたび、あれほど好きだったお父さんのことも嫌で仕方なくなってしまう。
　苦しかった。
　家にいても学校にいても……。
　何より情けなかった。
　どうしてこんなにも、うまくいかないのだろう、と。

そして、そんなある日、私の日常が崩壊する決定的な出来事が起こった。
　美術の時間だった。
　２人組を作り、互いの似顔絵を描き合う課題。
　それぞれ友達とペアを作る中、私は当然あぶれ、普段３人グループの女子の１人と組むことになった。
「よろしくなー、松岡さん。なあなあ、松岡さんって絵、得意？」
　彼女……田中さんはとてもよくしゃべる人。
　クラスでもいろいろな人と話しているし、こうしてクラスで浮いている私にも話しかけてくれている。
　まったく会話がないよりはよかった。
　田中さんとぎこちなくも言葉を交わしながら、内心ちょっとホッとして筆を走らせた。
「……絵は、好きなの。中学のときも美術部だったし」
「え、そうなん！　じゃあ、うちの美術部入らへんの？」
「……えーと……」
「私、美術部やねん。部員少ないから、来てくれるとうれしいなーなんて」
「……え」
　思わず手を止め、田中さんの顔を見る。
　ニコニコと人好きのする笑顔を浮かべていた。
　……社交辞令、かな。
　それとも本気でそう言ってくれているのかな。
　胸がドキドキしている。

もし、本心でそう言ってくれているとしたら……。
　私……美術部に入りたい。
　学校に馴染めなくて、美術部も敬遠してしまっているけれど、友達が欲しくないわけじゃない。
　美術部が嫌いになったわけじゃない。
　本当は私だって……。
「あの……美術部……その……私……」
「ん、行けそう？　見学に来る？」
「……あ、その……えーと……ちょっと考えてもいいかな」
　どうしても素直になれなくて、そう答える。
　田中さんは、関西なまりのイントネーションで「わかった」とうなずいてくれた。
　そのあとは少しだけ心が軽かった。
　美術部に入ったら、学校が楽しくなるかもしれない。田中さんと仲良くなれるかもしれないし、他にも友達ができるかもしれない。
　それに、それに……。
　家に帰る時間が遅くなるから、あずささんと顔を合わせることも減るだろうし。
　なんて考えると、胸がスッとするのを感じた。
　そして放課後、勇気を出して田中さんに話しかけてみようとすると、すでに田中さんは友達と教室を出ていくところだった。
　……仕方ないか。また明日にでも声をかけてみよう。
　今日は諦めて帰ろうと教室を出ると、田中さんたちの会

話がかすかに聞こえてくる。
「……そういや田中ちゃん、美術の時間大丈夫やった？」
「何が？」
「松岡さんと組んでたやん？　なんかごめんなー。あの人、ちょっと恐くない？」
　……何それ。
　……ごめん、って何。私は謝られるほど嫌な存在なの？
　しかも、恐い……なんて……。
　胸がまた重く沈んでいく。
　一度浮き上がった分、その重みがひどく苦しい。
「別に普通やで。大人しい子なんやなーとは思うけど。あれちゃう？　東京弁やから恐いと思うんちゃう？」
「あー、それや。わかるわかる。やっぱりなんか言葉が、なあ……？」
「そうやねん。松岡さんが悪いわけやないってわかってるけど、やっぱ『〜じゃん』とか言われたら、ちょっとギョッとするやんな。えー、めっちゃキツイーみたいな」
「普段、東京弁なんか生で聞かんからな」
「わかるー。みんな大阪弁じゃん？」
「ちょっ……やめてや、キモい」
　田中さんたちの笑い声が響く。
　私はその場から動けず立ちすくんでいた。
「……あ、ちょっと」
　田中さんが私の気配に気づいたのか、立ち止まって振り向く。

私を見た途端、それまでの笑い声は消え、田中さんたち３人は気まずそうに顔を見合わせた。
「松岡さん……」
「……」
「あ、あんな今のは……」
「……キモくて悪かったね」
「ち、ちゃうねんて！　松岡さんがキモいんやなくて、私らが東京弁使ったらキモいっていうか……」
「同じじゃん。私の話し方、ずっとそうやってバカにしてたんでしょ」
　今まで、あれだけ学校でうまく話せなかったのに。
　ビックリするくらいポンポンと言葉が出てくる。
　もっとも、頭の中は真っ白だ。
　恥ずかしいやら、腹が立つやら、悔しいやら――。
　複雑な気持ちが全身を駆け巡り、まともに考えることができない。
「……ごめん。嫌な思いさせたなら謝る。せやけど、バカにしてたわけやないねん」
　田中さんが謝り、他の子もすまなさそうに頭を下げた。
　でも私の怒りは余計に強くなる。
　どうしてそんな顔するの。そうやって謝るの。
　そんなふうにされたら、私が悪者みたいじゃない。
　重なるのは、いつも悲しそうに目を伏せるあずささん。
　私が悪いの？
　私があなたを傷つけていると言いたいの？

私は……私は傷ついていないと思っているの？
「……やめてよ。こんなのバカみたい！　それに私……大阪弁って嫌いなの。もう話しかけないで！」
　頭に血がのぼる勢いに任せて、気づけばそう叫んでいた。
　田中さんたちの顔が悲しげにゆがむ。
　ハッと我に返り自分の言葉のひどさに気づくけど、もう遅い。
　私たちの間に気まずい沈黙が流れた。
　誰も何も話さない。
　やがて……。
「……やっぱ東京弁キッツ」
　田中さんの友達が吐き捨てるようにそう言って、私をにらみつけた。
　それは完全に敵を見る目で、私は自分のしてしまったことを思い知らされる。
　私は……クラスにハッキリと敵を作ってしまったのだ。
「……っ」
　その場から全力で走り去り、逃げるように学校を飛び出した。
　胸が苦しくて、頭がガンガン痛む。
　どうして……？
　どうしてあんなことを言ってしまったのか。
　どうしてこうなってしまったのか。
　うれしかったのに。美術部に誘ってもらえて。
　本当にうれしかったのに。

学校が少しは楽しくなるかと思ったのに。

ガンガンと頭が痛んだ。

田中さんの顔が思い出される。

傷ついたような……悲しそうな顔をしていた。それは、あずささんがときどき見せる表情によく似ていた。

田中さんを傷つけたのは、私。

そして、いつもあずささんを傷つけているのも、私。

「……っ」

自分の口に手を当てる。

いつからだろう。

私の口は、誰かを傷つけることしか言わなくなっている気がする。

いつもいつも、人を否定することばかり。突っぱねることばかり。

少し前まではこうじゃなかったのに。

お父さんと２人でいたときは、もっと優しいことが言えていた。もっと素直だった。

もっと……私は私が好きだった。

それなのに、今はこんなにも苦しい。

あのとき田中さんに言いたかった言葉は、きっとあんなことじゃない。

それがわかっているのに、肝心の言葉は浮かび上がってこない。

苦しさの底に沈んでしまって、私の手ではつかめない。

それがさらに私を苦しく、つらくさせていた。

「……うっ……うう……」
　涙をぬぐいながら走って、家につく。
　帰ってきたくなんかなかったけど、他に行くところもなければ、頼れる人もいない。
　……これが東京なら、カオリの家に行けたのに。
　そう思うと、また泣けてきた。
「……」
　とくに何も言わず、家に入る。
　すると、玄関にはもうお父さんの靴があった。
　いつももっともっと遅いのに。
　リビングから談笑する声が聞こえる。
　私は靴を脱ぎ、家の中へ入った。
「お帰り、麻衣子」
　リビングのソファに座ったお父さんが、笑顔で私を迎えてくれた。
「お父さん……もう仕事終わったの？」
「ああ。ずっと抱えていた大きい案件が終わってね。今日は早く帰らせてもらったよ。……最近、あまり麻衣子と話せていないしな。ゆっくり時間を取りたかったんだ」
「……お父さん」
　乾いた涙がまた溢れてきそう。
「高校はどうだ、麻衣子。今日は遅かったんだな」
「……うん。あ、あのね、お父さん……今日……」
「──お帰りなさい、麻衣ちゃん」
　私の声にかぶさる穏やかな声。

そしてふわりといい匂い。
　両手に大きなお鍋を持って、あずささんがキッチンから出てきた。
「今日は遅かったのね。お友達と遊んでいたの？」
「……別に。あなたに関係ないし」
「麻衣子……っ！　……まあ、いい。今日は３人でゆっくり食事をしながら話をしよう。あずささんが、お前の好きなロールキャベツを作ってくれたよ」
「うまくできたかわからないけれど、優一さんからレシピを教えてもらったの。きっと、麻衣ちゃんがいつも食べている味に近づいたと思うわ」
　あずささんはそう言ってテーブルに鍋を置く。
　ふたを開けると温かい湯気と、おいしそうな匂い。
　中にはトマトベースのスープで煮込まれたロールキャベツが入っていた。
　ロールキャベツ……。
　一瞬、お母さんの笑顔が湯気の向こうに見えた気がした。
「さあ、麻衣ちゃん。着替えて手を洗ってきて。ごはんにしましょう」
「……」
「ほら、麻衣子。早く手を洗ってきなさい」
　立ち尽くす私に、お父さんがじれたように声をかける。
「私、いらない」
「麻衣ちゃん……」
　まだ……。

いつものように、あずささんが悲しそうな顔をする。
　そして私は、それに苛立つ。
「お腹すいてないの。今日は晩ごはんいらない」
「麻衣子、ワガママばかり言うんじゃない。お前の好きなロールキャベツ、作ってくれたんだぞ」
「だって……だって、ロールキャベツは……」
「それに……今日は彼女の……あずささんの誕生日なんだよ。だから家族みんなで食事をしたいんだ」
「……は？」
　あずささんはうなずき、かすかに頬を染めた。
「麻衣ちゃん、お願い。私ね、麻衣ちゃんとゆっくりお話がしたいの。麻衣ちゃんとお父さんと、3人でお食事しましょう」
　そう言うと、いそいそ食器を運び食事の用意をする。
　お父さんは「早くしなさい」と、もう一度私を促した。
　……誕生日？　この人が？
　だから家族みんなで食事って何？
　お父さん、あずささんの誕生日だから、わざわざ早く帰ってきたの？
　私を思いやるようなこと言っておいて。
　結局、この人のためなんじゃないか。
　鍋の中で湯気を立てるロールキャベツ。
　私の好物。
　これは……お母さんの得意料理だった。
　お母さんが死んでから、あの味を作りたくて、何度も何

度も練習したものだった。
　それを……！
「ふざけないで……!!」
　リビングに私の絶叫が響く。
　あずささんが身をすくませ、お父さんはギョッと目をむいた。
「……ま、麻衣ちゃん」
「何が私の好きなロールキャベツよ！　これはね、お母さんがいつも作ってくれていたロールキャベツなの！　あずささんなんかに作れるわけないでしょ！　しかもそれをどうしてあなたの誕生日に出すのよ！　自分がお母さんにでもなったつもりなの？　家族で食事!?　ふざけないで！　あなたなんて家族じゃないんだから！　私は……私とお父さんは、ずっと２人で生きてきたの！　新しい家族なんていらない！」
「……麻衣ちゃん」
　あずささんが口に手をやり、小さく震え出す。
　その瞳には悲しみの色がありありと映り、私は彼女を深く傷つけていることに少し苦しくなった。
　でも、それでも湧き上がる苛立ちは止められない。
　今日、学校であったトラブル。
　友達と離れ、遠く離れた土地にやってきて、そこで馴染めずにいること。
　何より、かけがえないお父さんとの世界に、知らない人が割り込んできたこと。

私の大切な居場所が壊される、奪われる、なくなってしまう。
　そんな……耐えきれないほどの孤独と悲しみ。
　今まで積もりに積もった悲しみが、苦しみが、行き場を失い爆発する。
　それがあずささんへ向かっていくのを、止めることができなかった。
　傷つけるとわかっていて、止まらない自分が怖い。
　あずささんに悪気がないことを本当は理解している。
　それでもこんなにも苛立っている自分が、恐ろしくてたまらない。
　『ダメだよ』と私の中で私が叫ぶ。
　本当は傷つけたいわけじゃないの、と。
　そんなことをしていたら、もっともっと自分が苦しくなるよ……と。
　自分で自分の居場所を奪ってしまうよ、と。
　そう冷静に教える自分がいるのに、それ以上に怒りに叫ぶ私がいた。
　……それは、きっと幼い日の私。
　お父さんと、お母さんと。
　3人で幸せに過ごしていた私。
　お母さんの作ったロールキャベツを食べて、お母さんに抱きしめられて笑っていた私。
　その幼い私が、あの日の幸せな景色が消えてしまうことを恐れて、叫び続ける。

寂しい、と泣きながら。
「……出ていってよ！ 突然出てきて、家族面して、私の大切な家族をめちゃくちゃにして！ あなたなんか嫌い。家族なんかじゃない。一緒にいたくない！」
「麻衣子！」

　パンッと乾いた音が鼓膜を打つ。

　頬が熱く痛んだ。

　何が起こったのか一瞬わからなかった。

　我に返ると、目の前には、右手を上げて立っているお父さんがいた。

　お父さんは絞り出すような声で「いい加減にしなさい」とつぶやいた。

　……叩かれた……お父さんに。

　お父さんが……私を……私を……。

　口数はあまり多くないけど、穏やかで優しいお父さん。

　叱られたことはあっても、お父さんに手を上げられたことはなかった。

　それが……。
「うわあっ……わああっ……んっ。あああ……あああっ！」

　お父さんが私を叩いた。

　その意味を理解したとき、両目から一気に涙が溢れ出し、私は子どもみたいに声を上げて泣いた。
「あ……あなた、やりすぎです！ 麻衣ちゃん、大丈夫？」
「……っ！」

あずささんが私に駆け寄ろうとしたけど、私はそれを払いのけ、自分の部屋へと走って戻る。
　そのまま電気をつけることもせず、暗い部屋でひたすら泣いた。
　お父さんやあずささんが何度も様子を見に来たけれど、絶対に部屋には入れなかった。
　ただ、声を上げて泣き続ける。
　そうしているうち、泣き疲れてその日は眠ってしまった。
　ひどく悲しい夢を見た気がするけれど、内容はまったく思い出せない。

　……次の日の朝、目を覚ますとまぶたがものすごく腫れていた。
　こんな顔で学校には行けない。
　いや、どんな顔でも……もう学校には行きたくない。
　田中さんたちに会いたくない。
　誰にも会いたくない。
　……あずささんにも、お父さんにも会いたくない。
　その日から私は学校に行かず、部屋に引きこもるようになった。
　必要以上は部屋から出ず、お父さんやあずささんともほとんど顔を合わさず、1日の大半をベッドの中で過ごした。
　もうこのまま消えてしまいたいと……思った。
　それから数日後のある日の夜中、ドアがノックされた。
　起きてはいたけれど、聞こえないふりをして無視をした。

お父さんか、あずささんか。
　どちらにしても会いたくない。
「……麻衣子、起きているか？」
　やがてドアの向こうから、私の様子をうかがうようなお父さんの声。
　だけど私は、それも無視する。
　すると、またもノックの音がした。
「……麻衣子、開けてくれないか。話がしたい」
「……」
「家族のこれからのことだ」
「……これ……から？」
「ああ、そうだ。私たち家族はこのままじゃいけない。変わらないと」
「……」
　それはどういうことだろう。
　変わる……。
　再婚する前に戻ってくれるとでも言うのだろうか。
　そんなわけない、と思いながらも私はドアを開け、お父さんを部屋に迎え入れた。
　お父さんとまともに顔を合わせるのは久しぶりだった。
「……麻衣子。この前はすまなかったな。……つい叩いてしまって……」
「別に。もう……平気」
「そうか……。なあ、麻衣子、あずささんのことだが……」
「何。私、あの人を家族だなんて思えないから」

「……ああ。そうだな。私たちには時間が必要だと思うんだ。お互いに冷静になる時間が」
「え？」
　お父さんは真っ直ぐに私を見据えた。
「……麻衣子、和歌山のおじいちゃんを覚えているか？」
「え、う、うん……まあ。小さいとき遊びに行ったし……」
　どうして今、おじいちゃんの話になるんだろう。
　疑問に思いながらもうなずくと、お父さんはさらにビックリする内容を告げた。
「じつはな、大阪に引っ越してくるとき、おじいちゃんに連絡をしたんだよ。大阪と和歌山なら近いし、おじいちゃんは麻衣子のことを気にかけてくれていたから。おじいちゃん、いつか和歌山に遊びに来いって言ってくれていた」
「……そ。そう……」
「……なあ、麻衣子。しばらく、おじいちゃんのところで暮らしてみるか？」
「……え。私……が？」
「父さんはな、麻衣子とあずささんに仲良くしてほしいし、いつかきっと仲良くなれると信じている。でも、麻衣子の気持ちを考えず、急ぎすぎたとも反省しているんだ」
「……」
「だからな、麻衣子。一度、お互いに距離をおいて、ゆっくり考えてみないか。学校も、あまりうまくいっていないんだろう……。幸いもうすぐ夏休みだ。少し早い夏休みと思って、学校ともこの家とも離れて、ゆっくり考える時間

を作ってみたらどうだろう」
「……お、父さん」
「おじいちゃんの田舎は、自然が多くて、とても美しいところだ。そんな場所でなら、きっとお前の心も落ちついていく……父さんはそう思っているんだ」
「……それって」

　それって、私をこの家から追い出すということ？

　きれいごとを言っているけど、お父さんは結局、私を邪魔だと思っているんじゃないか。

　だから、あずささんをここに残して、私を出ていかせようとしているんだ。

「……お父さん」
「どうだ。麻衣子？」
「……」

　お父さんの瞳。
　いつも私を見守っていた穏やかな瞳。
　今も私を心から心配しているように見える。
　でも、もう信じられない。
　私の唯一の家族で、誰よりも私の味方だったお父さんはもういない。
　きっともう……私よりもあの人のほうが大切なんだ。
　……もういい。
　もう疲れた。
　もう……どうでもいい。
　全部、全部、どうでもいい。

「……わかった。おじいちゃんのところに行く」
　私は、うなずいていた。
　お父さんは安心したような、悲しそうな複雑な顔になって笑う。
　それから私に何か話しかけていたけれど、もう私には何も聞こえなかった。

第3章

残されたもの

「……私はお父さんから見捨てられたの」
　佐久良くんに支えられ、昔話を終えた私はふと息をつく。
　いつの間にか涙はおさまり、代わりに頬のあたりが乾燥したようにパリパリになっていた。
「……私、あの人のこと好きになれない。家族だなんて思えない……。高校だって嫌い。ちょっとした言葉の違いで笑い者にしてくるクラスメイトなんて……友達になりたくないし、なれるわけがない」
「……松岡さん」
「でも、お父さんは私をこうして見捨ててしまった。それって、私が間違っていたからなのかな」
「……」
　佐久良くんは私を慰めるように、優しく背中をポンポンと叩いてくれる。
　そのてのひらは温かく、ささくれだった心がちょっぴり丸くなったように思えた。
　みゃあ、とシジミがか細い声を上げる。
　それを合図にするかのように、黙っていた佐久良くんが口を開いた。
「……お父さんは、君を見捨ててなんかいないと思うよ」
「……」
「君のこと、きっと大切に思っている」

「じゃあ、どうして再婚したの……。どうして他の女の人を新しい家族にしようとしたの」
「それは……幸せになるためじゃないのかな」
「幸せ？　わ、私はちっとも幸せじゃない。再婚してからうまくいかないことばかり。私は……私はお父さんと２人でいたときが幸せだったの。お父さんと支え合って、それで充分だった。それをあの人が壊したの。あの人が来てから、家でも学校でも嫌なことばかりで、私は１人になってしまった」

　佐久良くんが私からそっと体を離す。
　そして目を伏せ、かぶりを振った。
「……それは松岡さんの思い込みじゃないかな」
「え」
「本当に……新しいお母さんができたから、全部うまくいかなくなったの？」
「……そ、そうよ。だって……だって……」
「逆じゃないか？　松岡さん、うまくいかないことを、全部再婚のせいにしてるんじゃないのか」
「……そ、んな……こと」

　佐久良くんが私を見つめる。
　儚げできれいな色の瞳。
　いつも優しそうに見えていたその目が、今は私をあわれんでいるように見える。
「お父さんの再婚が複雑なのはわかるよ。だけど、再婚は悪いことじゃない。一緒に生きていく人をお父さんはまた

見つけることができたんだ。それは……必要なことなんだと思う」
「そんな……だって、それじゃあ……」
「……お父さんは生きているんだ。亡くなった人でなく、新しいパートナーを見つけるのは当たり前だよ。それにお父さんも新しいお母さんも、君を大切にしようとしている気がするんだ。うまくいかなくしているのは、松岡さんじゃないのかな……」
「……」
　膝が。
　膝が震えている。
　佐久良くんに、こんなことを言われると思わなかった。
　私は……佐久良くんは自分の味方になってくれると思っていたから。
　それとも、それはただの甘えだったのか。
「……っ、もういい。そんな話なら聞きたくない」
「松岡さん」
「もう、いい……っ！」
　きびすを返し、佐久良くんの前から走り去る。
　夏の日差しの中、だらだらと汗を流しながら私は逃げた。
　そしておじいちゃんの家に戻ると、自分の部屋へと閉じこもる。
　おじいちゃんは何も聞いてこなかった。
　……私、向こうにいたときと同じことをしている。
　なんてみじめなんだろう。

お父さんも佐久良くんも……私がワガママだと、間違っていると言う。
　私が悪いの？
　そんなに悪いの？
　再婚なんてしてほしくなかった。
　お父さんと2人で支え合って生きていきたかった。
　だってそうじゃなくちゃ、お母さんがかわいそう。
　再婚なんかして新しいお母さんを認めたら、死んだお母さんのこと……みんな忘れちゃうに決まっている。
　お母さんの居場所がなくなっちゃうよ。
「そんなの、嫌だ。寂しい……寂しいよ。お母さん……。助けて、お母さん……」
　つぶやいた声に、応える人はどこにもいない。
「……お母さん……会いたい……」
　ただ、私の泣き声まじりのつぶやきが、静まり返った部屋に溶けていった。

　しばらくして、閉じられたふすまの向こうから、おじいちゃんの呼び声が聞こえてきた。
「……麻衣ちゃん、ちょっとええか？」
「……」
　泣いたから頭が痛い。
　ガンガン響く頭を押さえながら、ふすまを開けた。
　──なー……。
「え？」

「麻衣ちゃん、……こいつがうちの前で鳴いてたんやけど」
　そういうおじいちゃんの腕の中で、猫が丸くなっている。
　赤い首輪の、しなやかな猫。
「……シジミ」
　シジミはおじいちゃんの腕をすり抜けると、私の足元へ擦り寄る。
　なー、と心なしか悲しそうに鳴いた。
「この子、本屋で飼われとった野良猫やろ。誰かを呼んどるみたいに鳴いてたんや。ひょっとしたら麻衣ちゃんに会いに来たんかなと思って……」
「私に……会いに」
　シジミはまた一声鳴く。
「もしかして、心配してくれたの……？」
　私はシジミを抱き上げ、その体温を包み込むように抱きしめる。
　シジミの体は温かく、かすかな鼓動を感じた。
　なんだか鼻の奥がつんとする。
「……麻衣ちゃん。その子、うちで面倒みてもええからな。その猫がおりたそうにしとるなら、ここにおいとってやり」
「おじいちゃん……ありがとう」
　私はシジミの頭をゆっくり撫でた。
「……シジミ、私と一緒にいてくれる？」
　シジミの鳴き声が少し力強いものに変わったように聞こえた。

その夜、シジミと一緒に布団に入って眠った。
　体を丸くして眠るシジミをカーテンから漏れ入る月光が淡く照らし、毛並みが青白く光って見えた。
　それはとてもきれいで、同時にどきりとするくらい儚い光景。
　……なぜか佐久良くんの姿が思い浮かんだ。
「……シジミ」
　私はシジミの名を呼びながら、夢の中にいる様子のその背中を撫でた。
　赤い首輪が月明かりに少し青白く染まる。
「……ねえ、シジミ。この首輪って、飼い主の本屋さんにもらったものなの？」
　当然だけど、シジミからの返事はない。
　それでも私は話しかけ続けた。
「シジミは、その飼い主さんが今でも一番大切なんだよね。だから、みんながごはんをくれても、誰の飼い猫にもならないんでしょう……？　シジミの家族は……飼い主さんただ１人なんだよね。その人が死んでも変わらないんだよね」
　シジミに私の声は聞こえているのだろうか。
　呼吸に合わせ、規則正しくお腹のあたりが動いているので、完全に眠りに落ちているのかもしれない。
　でもその確かな息づかいが、シジミがここにいることを実感させてくれ、意思の疎通なんてできなくても充分心強かった。
「……シジミはいいな。お父さんもシジミみたいだったら

よかったのに。お母さんが死んでからも、ずっと、お母さんだけを……好きでいてくれたらよかったのに……」
　最後のほうは、ほとんどひとり言。
「どうして人は変わってしまうの？　変わらないでほしかった。お母さんのことを好きなお父さんのままで、そんなお父さんと一緒に、お母さんの思い出を大事にしていたかった……。ずっと……ずっと……」
　やがて疲れて寝入ってしまった私は、とても温かい、きれいな光に寄りそわれて眠っている夢を見た。
『麻衣子……』
　誰かが私を呼んだ気がする。
　それは、とても優しくて懐かしい声だった……。

　次の日の朝、目覚めは穏やかだった。
　部屋に差し込んだ朝の光にまぶたを刺激され、ゆっくり目を開ける。
　明るく白い光が部屋を満たし、ちょっとだけ神々しく見える。
　時計は８時をすぎたところ。
　どちらかといえば寝坊ぎみ。
　いつもより深く眠れたのか、頭がスッキリしていた。
「……んー、よく寝た」
　こんなに気持ちいい目覚めはシジミのおかげだろうか。
　あの温もりがそばにあったからゆっくり眠れたのかな。
　そう思い、昨夜シジミが丸くなっていた場所に目を向け

るけれど、そこにシジミの姿はなかった。
「……え」
　布団の中。
　シジミがいるはずのところに、ぽつんと赤い首輪だけが残されていた。
「……シジミ!?」
　慌てて部屋を見回すけれど、影も形もない。
「どうして……っ……」
　昨日は確かにいたのに。
　私に会いに来てくれていたのに。
　一緒にいたのに。
　どうしてどこにもいないの？
　猫は気まぐれな生き物だし、シジミは家を持たない野良猫のようなものだ。
　だから今も、気まぐれにこの家を出ていったのかもしれない。
　ふらっと何食わぬ顔で戻ってくることだって、充分にありえる。
　だけど、それならどうして首輪だけが残されているのか。
　私に会いに来てくれたシジミ。
　そばにいて話を聞いてくれた。
　そして、朝になるとこつぜんと姿を消して──。
　赤い首輪だけが残っている。
　胸騒ぎがする。
　シジミはどこにいるんだろう。

今、何をしているんだろう。
　不安でたまらない。
「……シジミ……！」
　私は簡単に支度を済ませると、首輪を持って家を飛び出した。

あなたのぬくもり

 まず向かったのは商店街。
 汗だくで走り、いくつかの店の人に話を聞いてみたけれど、シジミを見かけた人はいない。
 もしかしたらと思い、かつて本屋があった場所にも行ってみたけど、シジミの姿はなかった。
「……シジミ」
 どうしてだろう。
 町を歩きながら、私は奇妙な感覚に襲われていた。
 直感と言ってもいい。
 この町のどこにも……もうどこにもシジミはいない。
 わけもなくそんな気がするのだ。
 ……ダメ。そんなこと考えたら絶対にダメ。
 そう思えば思うほど、嫌な感覚は強くなる。
 昨夜、あんなに近くにいてくれたのに、そのときのシジミの顔が今は思い出せない。
 どんな目で私を見ていた。
 どんな声で鳴いていた。
 それがぼんやりと霧がかかったように曖昧で、ハッキリと思い出せないのだ。
 ふと、以前何かで読んだ『死の直前、生物はその存在がひどく希薄になり、曖昧になる』という言葉が浮かんだ。
 ……嫌だ、嫌だ。何これ。なんでこんなふうに考えちゃ

うの……。
　不吉なことばかりを考えてしまう自分が許せない。
　そんな自分を叱るように唇をきつく噛みながら、町中を順番に見て回っていく。
　そして、たどりついたのは海。
　朝も早い時間だというのに、砂浜ではもう子どもたちが遊んでいる。
　そんな彼らの中にまぎれ込んでいないかと探していくも、やっぱりここにもシジミはいなかった。
「……シジミ……。どこにいるの。お願い、出てきて……姿を見せて……」
　泣きそうになりながらつぶやく。
　すると、その声に応えるかのように堤防から１つの影が下りてきた。
「……あ……」
　影の主は、私の姿を見つけると小さく声を上げ、「松岡さん」と名を呼んだ。
　そう、それはシジミではない。
「……佐久良くん」
「おはよう、松岡さん。どうしたの？　すごく顔色が悪い。体調がよくないの……？」
　昨日の言い争いなどなかったかのように普段と変わらない口調で話しかけてくれる佐久良くん。
　見つかったのはシジミではないのに、私は自分がひどく安心しているのを感じた。

「……さ、佐久良くん……佐久良くん……っ!」
　気づけば、これまでの不安が嗚咽となって一気に溢れ出していた。
　佐久良くんはビックリしたように私に駆け寄ってくる。
「松岡さん……!? 本当にどうしたの。何かあった?」
「し、シジミが……シジミがいないのっ! 昨日、私とずっと一緒にいてくれたのに、朝になったら首輪を残したままいなくなっていて」
　私はシジミの赤い首輪を佐久良くんに見せる。
　佐久良くんの表情が一気に曇った。
「……ねえ、佐久良くん……! シジミはどこに行ったんだと思う? 商店街にもいないみたいで、私……私……心配で……」
「松岡さん……」
　佐久良くんは、とても苦しそうな顔をしていた。
　まるで何かを諦めてしまったような、大切なものをなくしたあとのような、喪失感すら感じる顔だった。
「……たぶん、シジミの行き先は、松岡さんがよくわかっているんじゃないのかな」
「え……」
「猫は……」
　佐久良くんはそこまで言って、先をためらうかのように言いよどむ。
　でもすぐに強い表情で、再び口を開いた。
「猫は……その生を終えるとき、みんなの前から姿を消す

と言うから……」
「……！」
「……松岡さんも、そう……思っているんだろう？」
「顔を見ればわかるよ」と、とても悲しそうな瞳で佐久良くんが続ける。
　きっと、私も同じような顔をしているんだろう。
　……思えば昨日、この海に姿を見せたときからシジミはおかしかった。
　どこか弱々しく、いつもより異様に佐久良くんに甘えていた。
　私たちは、きっとあのときから予感がしていたんだ。
　もう……シジミとのお別れが近づいていると。
「……シジミはもう年寄りの猫だったし、商店街の人の話ではこの１年くらいでグッと元気をなくしていたらしいから、もう寿命だったんだと思う……」
「シジミ……」
「昨日、松岡さんが帰ってから、シジミは俺の手をすり抜けて、どこかに行ってしまったんだ。その姿が今にも消えそうに見えて心配だったんだけど……。そうか……最後に松岡さんに会いに行ったんだね」
「……どうして」
　その言葉とともに、涙がぽたりと目から落ちた。
　……どうして。
　どうして私なんかに最後に会いに来たのか。
　だって私はこの町に来たばかりで、シジミとも知り合っ

たばかり。
　佐久良くんと比べても、それほどシジミと仲がいいとは言いがたかったのに。
「……それは、きっと……松岡さんが似ていたからじゃないのかな」
　佐久良くんが、シジミの首輪にそっと手を触れながらつぶやく。
「……似ていた……？」
「そうだよ。シジミはたった１人の飼い主をずっと思い続けていた。他の人がシジミのことを家族にしようとしても、それを受け入れなかった。それは少し……松岡さんに似ているんじゃないかな」
「……」
「もしかしたら、この首輪はシジミからの最後のメッセージかもしれないな」
　シジミ……。
「……っ、うっ……」
　目から一気に涙が流れ落ちた。
　嗚咽が漏れ、ひっくひっくとしゃくりあげる。
「……松岡さん、そんなに泣かないで」
「だ……だって私……シジミが最後のときに、最後に私に会いに来てくれたのに、自分のことしか考えてなかった。自分がどれだけつらいかとか、まわりが私をわかってくれないとか、そんなことばっかり言ってて……。シジミのこと、ちっともわかってあげてなかった。最後なのに、最後

だったのに……もっともっと優しくしてあげたかった。シジミに、幸せな思い出をあげたかったよ……！」
　最期が近い体で、この暑い中、私のところまで来るのはどれだけ大変だっただろう。
　どれだけ体がつらかっただろう。
　私はもっといたわってあげるべきだった。
　もっと大切にしてあげればよかった。
「松岡さん、そんなふうに思わないで。シジミはきっと君に優しくしてほしくて会いに行ったんじゃないよ」
「……で、でも……」
「シジミはたぶん、自分に似ている君と気持ちを重ねたかったんだ。だからね、松岡さんが、亡くなったお母さんを思う様子を見て、きっとシジミはうれしかったと思う」
「……ほ、本当に……。本当にそうかな。そう……思う？」
「うん。シジミの最後は君でよかった。だからシジミは、その首輪を置いていったんだ」
「……」
　私はシジミの首輪を胸に抱きしめた。
　色もあせて古ぼけた首輪だったけれど、何より美しいものに思えた。
「松岡さん……」
「……佐久良くん、ありがとう。そんなふうに言ってくれて……すごく安心した……」
「ううん。……最後に一緒にいたっていうのは、きっとつらいよね。でも……松岡さんがいてくれてよかった」

「……佐久良くん」
　その言葉に救われたような気持ちになる。
　佐久良くんの優しい笑い顔。
　穏やかな声。
　私を包み込んでくれるような優しさ。
　この人のすべてが、ささくれだった私を許してくれる。
　そう……佐久良くんは優しい。
　ずっと、この海で再会する前も、してからも。
　昨日のことだって私を思って言ってくれていたのに、私は、自分の気持ちばかりを大事にして突っぱねてしまっていた。
「……佐久良くん、昨日はごめんなさい。佐久良くんは私のことを考えて言ってくれていたのに……」
「松岡さん……」
　佐久良くんは驚いたように目を見開き、小さくかぶりを振った。
「違うよ。昨日は俺も無神経だった。正論ばかりを言ってしまって、松岡さんのこと……ちっとも考えてあげられなかった」
「私の……こと？」
「うん。……松岡さんの気持ち」
　佐久良くんが私の手を取る。
　壊れ物にさわるみたいに優しく、手を握ってくれる。
「松岡さんは……きっと、ずっと……寂しかったんだってこと」

「……私……？」
「新しい家族ができたり、住んでいるところが変わったり、自分の居場所が変化して不安にならない人なんていないのに……変わっていくまわりの人たちに寂しくならないわけはないのに、怖くないわけがないのに。きっと、俺も、他の人も、君に頑張ることばかりを、変化を受け入れることばかりさせようとしていた。まず、何より先にわかってあげないといけないことがあったのに……」
　グッと佐久良くんが手を握り、私を引き寄せる。
　そして近くに来ると、私の頭を撫でた。
「怖かったんだね、ずっと。大丈夫だよ。君は、俺が……守るから」
「……さ、佐久良くん……」
「うん……」
「……わ、私……私……」
「うん」
「……ありがとう……」
　佐久良くんは何も言わない。
　ただ、私の頭を優しく撫で続けてくれた。
　温かくて、優しくて、とても安心する。
　心がほぐれていくみたいだった。
　……そうだ。私……。
　きっと、ずっとこうしてもらいたかった。
　本当は怖かったの。
　友達のまったくいないところに引っ越すのも。

急に知らない人が家族になって、お母さんや私の居場所がお父さんの中から薄れていくのも。
　私の言葉を笑うクラスメイトも。
　それに……。
　あずささんに、ひどいことばかり言って傷つける自分のことも。
　怖くて、怖くて、誰かに支えてほしかった。
　ううん。
　この怖さをわかってほしかった。
　でもお父さんも、まわりの友達も、私にしっかりしろって、頑張れない私が悪いんだって言うから……。
　私はますます怖くなって、もう逃げるしかなくなっていたんだ。
　それが"弱さ"だとわかっていても。
「……佐久良くん」
　佐久良くんの胸にトンともたれかかる。
　彼の鼓動を感じる。
　それは思っていたよりも、ずっと速かった。
「本当に……守ってくれる？」
「……うん」
「だったら、私は……きっと頑張れる。不思議だね。佐久良くんがいてくれると思うと、怖いと思うことが少しずつ消えていくの」
「松岡さん……」
「でも、どうして……。佐久良くんはどうしていつもそん

なに優しいの……？」
　佐久良くんは何も答えず、私を抱き寄せた。
　私の体は彼にすっぽりと包まれる。
　佐久良くんの体温。心臓の音。
　洗いたてのシャツの匂いに、少しだけ変わった匂いが混ざっている。
　そんな彼のすべてに安らぎを覚えると同時に、胸が甘く苦しくなった。
　私は、この人のことを……。中学のときに好きだった初恋の人を、今でもやっぱり……。
「――理由は前も言ったと思うけど」
　ぽそっとささやかれた佐久良くんの声に、私は顔を上げて彼を見る。
　佐久良くんの顔は、心なしか赤く染まっていた。
「俺が君に優しくする理由。俺は中学のとき、ずっと松岡さんのことをいいなと思っていた。……好きだったんだ」
「……っ、え……」
「それは……今でも変わらない。というか、変わらないって気がついた。俺は、今でも君が好きだよ」
「……佐久良……く」
　どくん……と、生きてきた中で一番大きいんじゃないかという音で胸が鳴る。
　信じられない言葉に加速していく鼓動。
　少し体が震えているのがわかった。
「……なんかごめん。いきなり、こんな。困るよな」

「そっ……そんなこと……そんなことない。だって、だって私も……ずっと……その……す、好き……だったから」
「え……」
　佐久良くんが目を大きく見開く。
　そのまま私たちは見つめ合った。
　佐久良くんのきれいな目に私が映っている。
　それだけで、どうしようもないくらい胸が苦しくなった。
「……松岡さん」
「佐久良くん」
「……好きだ」
「私も……」
　そんな、ぎこちない言葉のやりとり。
　瞳で、言葉で、交わす気持ち。
　佐久良くんの気持ちが、私に優しく、ゆっくりと注がれていくのがわかる。
　今まで感じたことのないような、心いっぱいに満たされていくような幸せに、胸が震えた。
　佐久良くんは私を抱きしめていた手を、そっと頬に移動する。
　その長い指が私の頬を優しく撫でた。
　絡み合う視線。
　鼓動がうるさいけれど、それと溶け合うように波の音が耳に響く。
　私たちはその音をうっとりと聞きながら、触れるだけの短いキスをした。

その日の夕方。
日が傾き、海面が赤く染まる時間。
私と佐久良くんはまた海に来ていた。
あのとき。
思いが通じ合ったあのあと。
私たちは、浜辺で遊んでいた子どもたちにバッチリ見られていたことに気づいた。
ムードというのは恐ろしいもので……。
あの告白のときは、子どものことがまったく気にならなかったのだ。
……それにしても、今思い出しても恥ずかしすぎる。
さすがにあのまま海にいるのは気まずすぎたので、子どもがいなくなる夕方ごろにまた会おうと言って、そのときは別れたのだった。
そして今、手をつないで波打ち際を歩いている。
何度も佐久良くんとこの海で会っていたのに、こんなふうに歩くのはこれが初めて。
つないだ手から感じる佐久良くんの温かさ。
ときどき触れ合う肩や腕、息づかい。
何もかもが今までと全然違う。
これが、好きな人と両想いってことなのか。
だけど、このくすぐったさや苦しさを、まだうまく言葉にできなくてもどかしい。
「松岡さん、知ってる？　もうすぐお祭りがあるんだって」
「え、この町で？」

「うん。青海(あおみ)祭りって言うんだって。商店街のところに屋台が出て、この浜辺で花火を上げるらしいよ」
「うーん……。なんだかこじんまりしてそう」
　ストレートに思ったことを告げると、佐久良くんが苦笑いする。
「いや、それが結構賑やからしいよ。屋台も花火も規模が大きいんだって。この町のほとんどの人が、お祭りに参加しているとか」
「ふーん……」
　お祭り……。
　佐久良くんと行きたい……な。
「……松岡さん、よかったら一緒に行かないか？」
「え！」
　考えていることが読まれたのかと思った。
「……いい？」
「う、うん……！　行きたい」
「やった」
　うれしそうに笑う佐久良くん。
　その笑顔がとても眩しく見えて、クラクラしてしまった。
　私、この人が隣にいてくれるだけで、本当に幸せ。
「……それにしても、この町って、本当に海が中心なんだね。青海祭りだなんて、海そのまんまって感じだし」
「この町の人にとって、海は特別らしいよ。この町で死んだら、命はこの海に還るんだって」
「海に、還る……」

そういえば、おじいちゃんもそんなことを言っていた気がする。
「この町で死んだら、その命は海に行く。そして波になって、引いては寄せて、大切な人を見守る。いつまでも、いつまでも……。そう、言われているんだって」
「……」
「だからこの町の人は、海に死んだ人の魂がいると信じてる。海に行けば、いつでも会えると。それで、とても海を大切にしているんだ。この町に来たとき、そう教えてもらったよ」
「……ふーん」
　それはいわばどこにでもある迷信のようなものだろう。
　でも、佐久良くんは微笑みながらも、どこか切羽詰まっているような真剣な顔をしていた。
　夕日を浴びて、染まった海を眺める。
　赤と橙の世界の中、波だけが白く、昼間と変わらない音を立てる。
　この波は誰かの命なのだろうか。
　こうしていつまでも変わらずに、町を見守っているのだろうか。
　残した、大切な人を。
『海に行けば、いつでも会える』
「……」
　私はシジミの赤い首輪を、持っていたカバンから取り出した。

「……松岡さん?」
「これ、海に流そうかな」
「え?」
「そうすればきっと、シジミの飼い主に届くよね」

 本気でこの海の伝承を信じているわけじゃないけれど、あのときシジミが海にやってきたことに理由があるとしたら……。

 シジミが本当に最後に会おうとしたのは、きっと……。

「……シジミ」

 打ち寄せる波の中をゆっくり進む。
 少しだけ海の中に入り、そこから首輪を遠くに投げた。
 水平線に届くように。白波が受け止めてくれるように。
 首輪は白い波を立てて海へと落ちて、ゆっくり沈んで言った。

「……ありがとう、シジミ」

 そうつぶやくと、海の中に小さな波しぶきが立ったような気がした。

「……松岡さん」

 佐久良くんが私の隣に立ち、手を握ってくれた。
 海に立ち、私たちは見つめ合い、微笑み合う。

「シジミの飼い主に届くといいな」
「大丈夫だよ。きっと……」
「うん……」
「それじゃあ、帰ろうか」
「うん」

濡れた足で砂浜を歩き、海を出ていく。
　砂が足にまとわりつく感覚。
　あまり気持ちいいとは言えないけれど、佐久良くんが隣にいてくれているから、それすらもうれしかった。
　夏の海。
　私は大切なものを見つけた。
　佐久良くんがいてくれたらそれでいい。
　居場所を失った私の、かけがえのない居場所。
　彼が一緒にいてくれたらそれだけでいい。
　そう思った。
　でも……。
　次の日、佐久良くんはいつもの海に来なかった。
　商店街にも、町のどこにも姿がない。
　探しても見つからない。
　誰に聞いても、答えてもらえない。
　次の日も、また次の日も……。
　私は佐久良くんに会えなかった。

第4章

花火と告白

　佐久良くんと連絡が取れなくなって1週間。
　私は毎日あの海を訪れ、町中を探した。
　でもまったく会えないどころか、おじいちゃんも商店街の人も何も教えてくれない。
　そうして、私は気づく。
　私は佐久良くんのことを何も知らなかったんだと。
　どこに住んでいるのかも、普段は何をしているのかも。
　信じられないことに、メッセージの交換すらしていなかった。
　海に行けば会えていた非現実感が、私に深く考えることをやめさせていたのかもしれない。
　思いが通じ合って、彼のことを誰より近くに感じていたけれど、本当は、こんなにも簡単につながりを見失ってしまう、頼りない関係だったのだ。
　……佐久良くん。
　彼に会えない毎日は、こんなにも味気なくて、苦しい。
　セミの声も、波の音も、ギラつくような日差しも、今の私にはすべてうつろで、まったく胸に響かない。
　満たされていた気持ちは嘘のよう。
　私の中は空っぽだった。

「……おじいちゃん、本当に佐久良くんのこと何も知らな

いの?」

　夕食の時間。

　おじいちゃんに、もう何度目かわからない質問をする。

　すると、おじいちゃんはこれまた何度目かわからない、「知らんよ」という返事をした。

　おかずの煮物を、少し焦ったように口に放り込む。

「……絶対に嘘。この町に住んでいる人のことは、お互いがだいたいわかってるんでしょう。それに、前に佐久良くんが療養していること、おじいちゃんが教えてくれたんじゃない。ねえ、おじいちゃん、本当は何か知ってるんじゃないの？　もしかして佐久良くん、何かあったの？　療養しているって、本当はすごく体調がよくないんじゃ……」

「わしは知らんよ。なんにも知らん」

「……嘘」

「麻衣ちゃん。夏くんは麻衣ちゃんに何も言うてへんかってんやろ。住んでいる場所も、療養のことも。何やかんやでずっと一緒におったのに、聞いへんかったんやろ」

「……う、ん」

「それは、夏くんが麻衣ちゃんに知られたくないと思ってるからやないか。……そうやとしたら、わしが勝手に言えるわけない」

「お、おじいちゃん……っ！」

「それより、明日は青海祭りやで。浴衣（ゆかた）を出してやるから楽しんできたらどうや？」

　青海祭り……。

佐久良くんと約束していた。
「……行けるわけないじゃん。佐久良くんがどうしているかわかんないのに」
「そうか……海からの花火、きれいやねんけどな」
「知らない。……ごちそうさま」
　私は食事を半分くらい残したまま片付け、部屋に戻った。
「……佐久良くん」
　佐久良くんに会えなくなって、どうしようもなく心細くて寂しい。
　でも一番引っかかっているのは、彼の体のことだ。
　中学時代から体が弱くて、学校も休みがちだった佐久良くん。
　再会した今も療養中で、この真夏にそぐわないほど肌は白いし、体は細い。
　何よりあの儚い雰囲気。
　今にも消えてしまいそうだ。
　シジミの最後の夜、月明かりを浴びたあの儚い姿に、佐久良くんがダブって見えたのを思い出す。
　……どうしよう。もし佐久良くんもシジミのようになってしまったら……。
「……バカバカバカ。そんなこと絶対にない。あるわけないんだから……！」
　そう思いながらも、心の底では不安で仕方ない。
　佐久良くんがいなくなったらどうしよう。
　もう二度と会えなくなってしまったら、私は……生きて

いけない。
　佐久良くんのいない世界で１人なんて、絶対に耐えられない。
　生きていけるわけがないよ。

　青海祭りの日。
　もちろん私は朝から佐久良くんを探しに町に出た。
　でもやっぱり会えなくて、不安と絶望だけが募っていく。
　そんな私の気持ちとは裏腹に、町は祭りの準備で賑やかで、みんな忙しそうに、だけどとても楽しそうに作業をしていた。
　……本当だったら、佐久良くんと一緒に行くはずだったらのに。
　浮かれた雰囲気の町中にいるのがつらくて、私はいつもより早くおじいちゃんの家に戻って閉じこもった。

「麻衣ちゃん、ほいだらわしは、祭りの手伝いがあるから出かけるで。ホンマに浴衣着やへんのやな？　祭り、行ったらええのに」
　夜。
　早めに軽い夕食を食べたあと、ハッピのような服を着たおじいちゃんが何度も私に聞いてくる。
　もちろん私の返事はＮＯ。
　佐久良くんがいないのに祭りも浴衣も必要ない。
　やたらと祭りを勧めるおじいちゃんを送り出したあと

は、部屋でだらしなく寝転んでテレビを見ていた。
　テレビの内容に、まったく興味は湧かない。
　それでも、静かな部屋に１人でいるよりはマシだ。
　海が近いせいか、この家まで祭りの音が聞こえてきて、うっとうしくて仕方ないのだ。
　楽しみだったお祭りなのに……。
　佐久良くんがいないと、世界はまったく色を変える。
　今はもう、きれいな色などどこにもない。
「……佐久良くん……」
　無意識に彼の名前をつぶやく。
　そのときだった。
　ピンポーンと、呼び鈴の音が響く。
「……！」
　私は思わず体を起こした。
　もしかして……。
　湧き上がるかすかな希望。
　でも、すぐにそんなわけはないとそれを打ち消す。
　……どうせ、おじいちゃんの知り合いだ。
　お祭りのことで、おじいちゃんを訪ねてきたんだろう。
　私が出てもわからないし、居留守を使おう。
　いないと気づけば、お祭りに行ってくれるはずだ。
　ところが、呼び鈴は諦める様子もなく再び鳴らされた。
　……無視、無視、無視。
　さらにもう１回。
「……」

なんだか自分のしていることに罪悪感を感じる。
これだけ鳴らしてくるということは、よほど急ぎの用なのかもしれない。
「……うう、仕方ない。はーい……今出ます……」
重い足取りで玄関まで出たとき、私の心臓はドクンと大きく跳ねた。
扉越しのシルエット。
それは見覚えのあるもの。
ずっと……待っていた人。
「……っ！」
私は勢いよくドアを開けた。
そして、そこに立っていた人を見た途端、涙がこぼれた。
「……さくら、くん」
「こんばんは、松岡さん」
佐久良くんが浴衣を着て微笑んでいる。
いつもの柔らかい笑顔。
でも、顔色は夜の街灯のあかりでもわかるくらい悪いし、首筋も手足も、少し見ないうちに痩せて細くなっていた。
「……少し遅れちゃったけど、迎えに来たよ。お祭り、行ける？」
「……どうして。どうして……佐久良く……っ」
はらはらと流れ落ちる涙。
佐久良くんはそれを指でぬぐうと、ちょっと困った笑顔になった。
「ごめん。……待たせて、ごめんね」

「……っ、佐久良くん……」
　私は彼の胸に飛び込み、その体を抱きしめた。
　それから２人で手をつないで、お祭りへ向かった。
　佐久良くんの手は、あったかいというより熱い。
　……熱があるんじゃ、と心配になったけど、当の佐久良くんは「気温が高いからだ」と明るく笑う。
　臆病な私は、そう言われてしまうと、それ以上、何も聞けなかった。
　本当のことを知るのが恐いのかもしれない。
　花火がはじまるまでは少し時間があったので、商店街まで歩き、屋台を見て回った。
　たこ焼きやかき氷を食べて、金魚すくいをした。
　金魚をすくうポイが和紙ではなく最中（もなか）でできていて、まったくすくえなかった。
　一方、佐久良くんはとても上手で、何匹もすくっていた。
　でも金魚を連れて帰るのは断っていた。
「面倒をみることができないから」と言って……。
　賑やかな屋台。ちょうちんのあかり。食べ物の匂い。きれいなガラス細工。
　隣で笑っている佐久良くん。
　すごく楽しくて、幸せなのに……。
　なぜか不安で寂しい。
　まるで初めから終わることがわかっている、夏休みみたいに。
　私はこの幸せが終わってしまうことばかり考えている。

そして花火の時間になり、海へと移動する。
　砂浜には見たことないくらい、子どもから大人までたくさんの人が集まっていた。
　……この町って、こんなにたくさんの人がいるのか。意外だ……。
　なんて、少し失礼なことを思ってしまっていた。
「……松岡さん、こっち」
　佐久良くんが私の手を引いて、すいているところへ案内してくれる。
　磯の近くの、少し陰になっている人が少ない場所に私たちは座った。
「いい場所があいていてよかった」
「あと５分くらいではじまるね」
「花火楽しみだな。目の前で見るのはすごく久しぶりだ」
「私も」
「……」
「……」
　一瞬の沈黙。
　会話のなくなった私たちの耳に、まわりの雑音が、やけに大きく届きはじめる。
　ざわざわとした会話の声。
　波の寄せる音。
　祭ばやし。
　すべての音が私と佐久良くんを包み込む。
「……松岡さん、ごめん」

「え……」
「ずっと連絡しなくて……なんの説明もしなくて……不安になったよな」
「……まあ、そりゃあ……」
「ごめん。松岡さんに、きちんと話さないといけないと思いながら……できなかった」
「……どうして?」
「怖かったんだ。現実を思い知らされるのが。君の前では、中学のときの、少し体が弱いけれど、普通に元気な俺でいたかった」
「……げんじつ」
　ひゅー……と、花火が空にのぼっていく音が聞こえた。
「——俺、この町の病院に入院しているんだ。ただの入院じゃない。きっと、もう助からないから、ここで死ぬのを待っている」
　——ドン……!
　大きな音を立て、夜空に大輪の花が咲いた。
　さまざまな色をまとった、瞬間の火花。
　わあ、とまわりで歓声が上がる。
　佐久良くんの横顔が色とりどりの光に照らされ、闇に浮かび上がる。
　そこにいつもの笑顔は浮かんでいなかった。
「……え、死……え?」
「ごめん、ずっと言えなかった……」
「やめて……っ、そんなふうに謝らないで……!　死ぬっ

て何? どうして……っ、な、治らないの?」
「……俺……生まれつき持病があってさ、長生きできないと言われてた。それでも中学の途中までは割と普通に暮らせていたんだけど……突然、病気が悪化して、治療のために引っ越しをしたんだ」
「引っ越し……。もしかして、中学のときの転校……?」
　佐久良くんがうなずいた。
「そう。専門の病院で治療するために、その近くに引っ越したから転校した。もっとも転校といっても、入院ばかりで学校にはほとんど行けなかったけれど」
　クスッ……とひどく自嘲めいた笑いが、佐久良くんの口から漏れた。
　何を答えてあげればいいかわからず、私は黙って彼の話を聞く。
　ショックで……頭がついていかないのかもしれない。
　夜空には次々と花火が上がっていく。
　赤、黄、青、紫。
　夜空がこれほど美しく輝いているのに、私にはその光がまったく心まで届かない。
「……何年も治療を続けても、ちっともよくならなかった。それどころか、薬の副作用で体がどんどん自由じゃなくなっていって、まともに絵を描けなくなってしまったんだ。そのころ……自分の残りの寿命について、主治医の先生が話してくれた」
　病気が完治する可能性はゼロではないけれど、極めて低

いこと。
　このまま治療を続けたら、副作用はどんどん重くなっていくこと。
　でも治療をやめてしまうと、余命はほんの数年になってしまうこと。
「まるで……死に方を選べと言われているみたいだったよ」
　副作用でだんだん体が動かなくなることを選ぶのか。
　一時の自由と引き換えに、残りの人生をごくごくわずかにするのか。
「それからは、毎日泣いていた気がする。情けない話だけどな」
「そんな……」
　私まで泣いてしまいそうになる。
　でも、ここで泣くのは佐久良くんに失礼な気がして、歯を食いしばって必死にこらえた。
「毎日泣いて、泣いて……いっそこのまま、まだ体が自由なうちに自分で命を断とうかなんて思ってしまっていたとき……テレビである映像を映していたんだ」
「……映像？」
「……海の特集だった。それは外国の海だったんだけど、その青い色を、寄せる波を、輝く水平線を見たとき、胸が震えたよ。そして思い出した。中学のとき海に憧れていたことを。いつか本物を見たいと思っていたことを。もしも、人生を終えるなら、海のそばがいいと思っていたことを」
　佐久良くんはそこまで言うと、１つ息を吐いてから、眼

前の海へと目を向けた。

　夜の暗い海は、花火の色をゆらゆら揺れながら映し出している。

「俺は親や主治医に相談してみたよ。海の近くに行きたい。そこで……ゆっくりしたい、と」

　それはほとんど、治療をやめたいと言っていることと同じ意味で……。

　佐久良くんのご両親はひどく悲しみ、反対したらしい。

　でも主治医の先生だけは、佐久良くんの気持ちをくんでくれた。

　確約はできないけれど、夏の間だけくらいなら、治療を少し休んでもおそらく病気の進行はあまりないだろうと、言ったそうだ。

「……この町の病院は主治医が紹介してくれた。それまで入院していたところに比べると小さいけれど、俺の病気に対して知識を持った先生がいるからと言って……。もっとも、設備不足で治療はできない。ここでできるのは、病気の進行を少しでも遅らせることと、苦痛を和らげること。でも、俺には……それで充分だった」

「佐久良くん……」

「この町に来て、体調のいい日は海に行って、そこで絵を描く。町の人は優しくて、俺にも昔からの知り合いみたいに接してくれて、すぐにこの生活に慣れることができた。今まで副作用でうまく動かなかった腕も、不思議とここでなら昔みたいに動くんだ」

腕を伸ばし、ぐー、ぱーを繰り返してみせる佐久良くん。
「ここでの暮らしは穏やかで……俺はこのまま死んでしまうのだろうと、それでいいと思うようになっていたよ」
「……っ、そん……な……っ」
「……でも、でも……さ。君に……再会した」
　佐久良くんの声色が少し変わった。
「まさかこんなところで会うとは思わなかったよ。すごく驚いて、うれしくて……少し悲しかった」
「悲しいって、どうして……」
「俺は、もうあと少しで死ぬんだと思っていたから。それなのに、ずっと好きだった松岡さんにまた会って……どうせすぐ死ぬのに、なんて残酷なんだろうと思ったよ」
「……」
「でも、再会した君はいつも寂しそうで、つらそうで、中学のときの明るい笑顔が消えていた。何かあったのだろうとは思ったけれど、それが何かはわからない」
　佐久良くんは海に向けていた眼差しをこちらに戻す。
　彼の瞳が花火の色に瞬いていた。
「だから俺は思ったんだ。君の……力になりたい。……また君に笑顔を取り戻したいって。もうすぐ命を終える俺が、こうしてまた松岡さんに会えたのは、もしかしたら意味があるかもしれない。死ぬ前に、好きだった人の力になれるなら、すごく幸せなことなんじゃないかって」
「それで……いつも私と一緒にいてくれたの？」
「うん……。よく考えたら、なんか図々しい話なんだけどな。

結局、何をしてあげたらいいかわからなかったわけだし」
「……そんな」
　私は大きくかぶりを振る。
「私……佐久良くんと再会できて、一緒にいられて本当にうれしかった。恋人にもなれて、夢を見ているみたい。今の私にとって……佐久良くんが心の支えだよ」
「松岡さん……」
　くしゃり、と。
　佐久良くんの顔が悲しげにゆがんだ。
「……俺、もっと生きたい」
　佐久良くんがつぶやく。
　それは小さなつぶやきだったのに、花火の音に負けないくらい私の耳にハッキリと届いた。
「もう自分は死ぬんだって諦めていたのに。最後に君の力になれれば、それだけでいいって……本当にそう思っていたのに」
　佐久良くんの声に嗚咽がまじる。
　いつもいつも笑顔で、ほとんど怒りも悲しみも見せなかった彼の頬に……涙が伝った。
「……佐久良くん……っ」
　私はたまらず、佐久良くんを抱きしめる。
　我慢していた涙がポロポロこぼれ落ちた。
　結局……私のほうが泣いている。
　どうして私はこんなにも弱いのだろう。
「……わ、たし、佐久良くんに生きていてほしいよ。佐久

良くんがいなくなったら、どうしたらいいかわからない。わ、私も……生きていけない……！」
「松岡……さん」
「佐久良くんが好き。誰より好き。誰より大切だよ。佐久良くんがいなくなるなんて……考えられない……耐えられない……よ……」
　私は泣きじゃくりながら、佐久良くんと何度も何度も名前を呼ぶ。
　そんな私を佐久良くんは抱きしめ返してくれた。
　佐久良くんの体は服の上からでもわかるくらい細くて、でも温かかった。
　そして、ハッキリと心臓の鼓動を感じた。
「……松岡さん」
　ふいに、彼の抱きしめる力が強くなる。
　私を呼ぶ佐久良くんの声。
　それが力強いものになった。
「……俺、治療を再開するよ」
「……佐久良くん……」
「またあの病院に戻って、治療をしてもらう。副作用があっても、体が不自由になっても、それでも諦めない」
　佐久良くんは私を腕の中から解放すると、涙を流し続ける私の頬に触れた。
「……松岡さんと生きていくために。この夏だけでなく、秋も冬も春も……ずっと生きていくために。もう逃げない。自分の病気と体と闘っていく」

「佐久良く……」
「約束するよ。きっと治療を終わらせて……松岡さんの元に帰ってくるって」
「……」

　私は何も返事ができない。
　何を言えるというのだろう。
　私には想像もできないほどの不安と苦しさと悲しみを抱えて、それでも前を向こうと踏ん張る彼に。
　私なんかが何を言えるのか。
　だから、ただ何度もうなずく。
　励ましも、同情も、応援も、言葉にすると空々しくなりそうだったから……。
　ただ彼を見つめて、深くうなずいて、私の気持ちを伝えようとした。
　生きていてほしいと。
　あなたと一緒に生きていきたいと。
　その思い、を。

「……松岡さん」
「……佐久良くん」
「待っていて、くれる？」
「うん……」

　ずっとずっと待っている。
　あなたと生きていくために。
　そして……。
　私も、もう逃げない。

佐久良くんと生きていくために、変わらないと。
　花火が上がる。
　赤や青や紫……。
　いろいろな夏の空の色をまとって。
　私たちは何も語らずに、2人でそれを見ていた。
　互いの体温や、鼓動を分け合うように寄り添い合って。
　佐久良くんの体はやっぱり熱くて、きっと熱があって、こうしているのもつらいのかもしれない。
　でも、それでもなんでもないように私に触れる彼の思いに応えたくて、私はあくまでわかっていないふりをする。
　なんでもない、普通の恋人同士みたいに。
　きっと、もう、しばらくはこうしていられないから。
「……佐久良くん」
「松岡さん」
　私たちの顔が近づき、唇が近づき、そのまま短いキスを交わす。
　夜の海のキスは、潮と、ちょっぴりの汗と——。
　病院の匂いがした。
　……信じている。
　また、あなたとこうしていられる日が来ると。
　ずっと信じているから。

夏の絵

 あれは7月。
 私が中学生のときの夏。
 あと少しで夏休みというある日。
 私と佐久良くんは部活の片付け当番になって、美術室に2人で残っていた。
 あらかた作業が終わって、あとは鍵を閉めるだけというとき。
 ふと佐久良くんを見ると、すっかり片付いた美術室の片隅にたたずんでいた。
『……佐久良くん、どうかした?』
『ああ、松岡さん。なんでもないよ、ごめん』
 私を振り返り、微笑む佐久良くん。
 その彼の前には、まだ描き途中の絵がかけられていた。
 ……佐久良くんの絵だった。
 なんだ。自分の絵を見ていたのか。
『……もうすぐ完成だね』
 深い吸い込まれそうなブルー。
 大切そうに描いていた海の絵。
 その完成まで、あと少しに思えた。
『……うん。そうだね。なんとか無事に終わらせたいな』
『え? 無事って? なんか心配なことでもあるの』
『……ううん。そういうわけじゃないんだけど』

『よくわかんないけど、佐久良くんなら大丈夫だよ。いつも完璧に終わらせているじゃない。それも、余裕たっぷりでさ。すごいよ！』
　私は時間ギリギリまで終わらないことが多く、最後は大慌てで完成させることばかり。
　でも佐久良くんそんなことはなく、きちんと時間に余裕を持って完成させていた。
　欠席することも多い彼だけど、その姿勢は誰から見ても素晴らしく、先輩も佐久良くんを尊敬しているようだった。
『……俺は、最後まで諦めずにしっかり描いている松岡さんも、すごいと思うけどな』
『いや、そう言うとなんか立派みたいだけど、ようはギリギリってことだからね』
『……ははっ』
　佐久良くんがおかしそうに笑う。
　でも、すぐに目を伏せた。
『俺はさ、たぶん怖いんだ……。もしかしていつか、絵を描けなくなってしまうことが起こるんじゃないか……なんて、そんなことを考えてしまって』
『そんな……心配性だね』
『本当にそうだな。でも、そんなことになっても……いや、そうならないように、一度描いた絵は完成させたい。だって、絵には……今の俺がいる気がして。俺がいた証になる気がして……』
　佐久良くんが自分の描いた絵を見つめる。

とても遠い目で。
絵を通して本物の海を見ているような眼差しだった。
『……佐久良くん？』
『あはは、俺……何を言ってるんだろうな。ごめんね、松岡さん。帰ろうか』
『う、うん……』
私たちは美術室を施錠して、学校を出た。
校門から出るとき、私はなんとなく美術室のほうを振り返った。
そこにある海の絵。
なぜかその絵が、佐久良くんのことを呼んでいるような気がした。
そして、それがとても怖かったのだ。

帰り道。
いつもの分かれ道で、いつものように『じゃあ、夕飯の買い物して帰るから』と、佐久良くんに声をかける。
普段なら『うん、わかった』と、ここでさよならになるはずだった。
でも、違った。
『……松岡さん、俺も一緒に行っていい？』
佐久良くんはそう言ったのだ。
『い、一緒にって……買い物？』
『うん。俺も行きたいなって』
『スーパーだよ？』

何か面白いものがあるわけではない。
　ごくごく普通のスーパーマーケットだ。
『わかってるよ。ただ、もう少し松岡さんと一緒にいたいと思ってさ』
『えっ!?』
『いいかな？』
『う、う、うん……』
　ダメなわけがない。
　というか、むしろとてもうれしい。
　こうして話しているだけで、胸の鼓動はドキドキとうるさいし、顔も熱く火照ってきている。
　そんな私に気づいているのか、いないのか。優しく微笑んだままの佐久良くん。
　いったいどんなつもりでそう言ったのか。
『それじゃあ、決まり。行こうか。松岡さん、こっちでいいの？』
『う、うん。そう……』
　私たちは並んで、スーパーまでの道を歩き出した。
　夏の日差しはいつしかゆっくり傾いて、私たちの足元に長い影を伸ばす。
　佐久良くんは夕暮れの中をゆったりと歩いていく。
　ときどきふと私を見て、楽しそうに微笑むのがくすぐったい。
　じっとりと暑い夏の空気の中、日焼けせずに白いままの佐久良くんの腕が妙にハッキリと浮かび上がっていた。

……それから無事に買い物を終え、私と佐久良くんは店の入り口まで戻ってきた。
『……佐久良くん、ありがとう。いろいろ持ってもらって助かったよ』
『ううん、こっちこそ楽しかった』
　普段、スーパーで買い物することがないのか、佐久良くんは買い物の間、ずっと物珍しそうにしていた。
『松岡さん、これから帰って晩ごはん作るんだよね。大変だな』
『ううん。慣れているから、全然大丈夫だよ』
『そっか…えらいな。……あ』
　店を出た佐久良くんがふと足を止める。
　スーパーの入り口近くの駐輪場に、大きな笹飾りがあったのだ。
　立派な笹に、色とりどりの飾りや短冊が飾られている。
『……そういえば、もうすぐ七夕か』
『そうだね。最近は七夕の願い事なんてしないから、あんまり気にしてなかったよ』
　駐輪場の近くには長机が出されていて、短冊に願い事を自由に書いて飾れるようになっている。
　もっとも、誰も書いている人なんていないけれど。
　これが休日なら、親の買い物についてきた子どもたちで賑わっているのかもしれない。
『……せっかくだから、書いてみる？』
　冗談半分でそう提案すると、佐久良くんは意外にも二つ

返事でうなずいた。
『うん、いいね』
『え、本当に？』
　驚く私を引っ張るようにして机のところまで行くと、桃色の短冊を手渡してくれた。
　……佐久良くん、マジだ。
『何を書こうかな』
　短冊とともに置かれたペンを持ちながら、少し上を向くようにして、佐久良くんが考え事をしている。
　なかなか真剣な表情だ。
　……私も真面目に考えようかな。
『……願い事、か』
　チラリと佐久良くんのほうを見る。
　やっぱり一番の願い事は、佐久良くんと……。
　……って、本人の前でそんなこと書けるわけない！
　ぶんぶんと首を振って、告白まがいの願い事を頭から追い出した。
　……もっと真面目に考えよう。
　願い事。
　私の……。
『……』
　私はゆっくりとペンを走らせた。
　しばらくすると佐久良くんも書き終えたみたいで、ペンを元あった場所に戻している。
『……佐久良くん、お願いは何にしたの？』

『うーん、少し恥ずかしいな』
『えー、いいじゃない。教えて』
『……うん。はい』

　佐久良くんが差し出した、青い短冊。
　そこにはきれいな字で、

【いつか、本物の海が描きたい】

　と、書かれていた。
　私の心に、なんとも言えない気持ちが溢れ出す。
　とてもきれいな願い事で。
　同時に、なぜかとても寂しい願い事に思えた。

『……佐久良くん』
『はは。やっぱり恥ずかしいな。松岡さんは？』
『……私は……』

　佐久良くんに、自分の短冊を差し出す。
　顔が恥ずかしさで火照っていくのがわかった。
　私の願い事。

【佐久良くんの絵の完成を一番に見られますように】

　佐久良くんが驚いたように目を見開く。

『……松岡さん』
『あっ、あの、そのー。さっき佐久良くんが変なこと言うから気になっちゃって。ていうか、その、あの……』

　照れくささに、目線をあちこちにやりながら必死に言い訳をする。
　願い事に嘘はないけれど、これでは、まるで告白みたいじゃないか。

ストレートに【佐久良くんと両想いになりたい】のほうがマシだったかもしれない。
『……その、あのね。私、佐久良くんの絵が……好きだから……とくに、あのブルーが』
『松岡さん……』
　しばらくポカンとしていた佐久良くん。
　でもやがて、ゆっくりと表情が和らいでいき、満面の笑顔になった。
　それは、本当にきれいで、うれしそうな笑顔。
　思わず見とれてしまうほどに。
『……ありがとう、松岡さん』
『あ、う、うん……』
『完成させるよ。これから描く絵、全部。それで……きっと、松岡さんに見てもらう。できれば一番に……』
『佐久良くん……』
　私たちはお互いの短冊を持って、笑い合った。
　私の笑顔は、佐久良くんのものほどきれいではなかったと思うけど。
　それでも佐久良くんはうれしそうだった。
　……それから短冊を笹に飾って、私たちは来た道をゆっくり戻っていった。
　他愛ないことを話しながら。
　もう、願い事については触れずに。
　だけどきっとこの短冊のことは忘れないと思いながら。
　すっかり空は夕暮れから宵に。

紫の空にきらりと光る一番星を見ながら、私たちは帰っていった。
　そして、それから数日。
　私に知らされたのは、佐久良くんが転校したという事実だった。
　あまりに突然の別れ。
　理由もわからず、さよならさえ言えず、私の初恋はそこで宙ぶらりんになった。
　……最後に彼と交わした会話はなんだったか。
　そんなことも思い出せない。
　好きな人と会えなくなったのに、悲しいとか、寂しいとかよりも、どうして？という気持ちが強く残った。
　本当に、突然いなくなった佐久良くん。
　残されたのは、彼が最後に描いていた1枚の絵。
　夏の海を描いた、どこまでも青く蒼い、吸い込まれるような絵。
　いつの間に描きあげていたのか。
　きれいに完成された状態で美術室に置かれていた。
　その見事なブルーは、きっと一生忘れない。
　私の初恋の色だった。

「……ん」
　目を覚ますと、部屋が明るかった。
　カーテンの隙間から、夏の日差しがハッキリと差し込んでいる。

……時計は、午前10時を回ったところ。
　いつもの起床時間を考えると、完全な寝坊だ。
　それほど寝ても体はだるく、かすかに頭痛もする。
　昨日の祭りの疲れが取れていないのだろう。
　……いろいろなことがあったから。
「……よいしょっ……と」
　本当ならもっと寝ていたいけど、そういうわけにもいかない。
　おじいちゃんに悪いし、それに何より……佐久良くんとは、今日を最後にしばらく会えなくなるのだから。
　午後2時すぎに、いつもの海で待ち合わせをした。
　相変わらずの日差しで、健康な私でもクラクラするほどだった。
　もっと涼しい時間のほうがいいのではないかと思ったが、最近またいろいろな検査がはじまったらしく、外出できる時間が限られているらしい。
　……本当は、今日の外出もかなり無理をしてくれるのだろう。
　そんなに無茶をしてほしくないと思う反面、そうして会える時間を作ってくれる思いを無下にしたくないとも、心から思う。
　次、いつ会えるかわからないならなおさら。
「……佐久良くん」
「こんにちは、松岡さん」
　先に来ていたのは佐久良くんだった。

帽子をかぶり、日傘をさしている。
　その傘の陰に隠れる顔は青白く、頬だけやけに赤くなっていた。
　でも、その穏やかな笑顔はいつもどおり。
　だから私も笑顔を返す。
「……今日も暑いね」
　そばに寄ると、日傘を傾け私を入れてくれる。
　1本の傘の下、私たちは寄り添った。
「……なんか、日傘で相合い傘って変な感じだね」
「本当に」
　くすくす笑い合う私たち。
　今日は波の音もどこか穏やかだ。
　時間がゆっくりと流れるように感じる。
「……先週から母さんが来てるんだ」
　ぽつり、と。
　ひとり言のように佐久良くんがつぶやく。
　母親の話を私にすることに、迷いがあるのかもしれない。
　そんな気づかいをさせて申し訳ないと思いながら、私は話の続きを待った。
「……明日、向こうの病院に戻るからさ。その準備とか、医者と話すために来てくれているんだけど……。母さん、俺の顔を見てビックリしてたよ。元気そうだって笑ってた」
「……そう」
　それがどこまでお母さんの本心かはわからないけれど、佐久良くんの柔らかい表情を見る限り、悪い反応ではな

かったのだと思う。
「こっちに療養に来てよかったね、って母さんが言うから、俺も言ったんだ」
「なんて？」
　佐久良くんが照れくさそうに頬を染める。
「この町で好きな子に再会したんだって。だから……その子のためにも絶対に病気なんかに負けないって」
「……っ！」
「……嫌だった？」
「そ、んなことないけど……。でも、恥ずかしい……」
　顔が熱い。
　うつむく私の頭の上から、佐久良くんのクスクスという笑い声が降ってきた。
「……ね、佐久良くんのお母さんってどんな人？」
「えー……？　別に普通だよ。怒ると怖くて……少し心配性で。いつも、心配ばかりさせていたな」
「……そっか……」
「……松岡さんは？」
「え」
「松岡さんの、お母さん、は？」
「……」
　一瞬。
　私の脳裏に、２人の女の人が浮かんだ。
　すぐに片方を打ち消し、幼いときに死んだ、生みの母を思い浮かべる。

「……あんまりハッキリと覚えてないの。優しい人だったと思うんだけど、病気がちで入院していることも多かったから」
「そっか……」
　佐久良くんが少しだけ声を落としてうなずき、私を抱き寄せる。
「……人は、いなくなったらそうやって思い出になっていくのかな……」
「え？　何、佐久良くん」
「ううん。なんでもない。……そうだ、松岡さん。この海で君の絵を描いていたこと覚えてる？」
「うん、もちろん。だって、すごくたくさん描いてくれてたじゃない」
　そう言うと「それもそうだね」と佐久良くんは笑う。
「その絵さ、もうキャンバスに描き出しているんだ。この夏が終わるまでには完成できると思う」
「わ、本当？　ちょっと恥ずかしいけど楽しみ」
「うん。それでさ、よかったら……完成した絵をもらってほしい」
「……え、いいの？」
「うん。だって君のことを描いた絵なんだし」
「ありがとう……。じゃあ、楽しみにしてるね」
「うん……」
　佐久良くんが、わずかに日傘を傾ける。
　それが、砂浜で遊ぶ子どもたちから自分たちを隠すため

だと気づいたのは、唇が重ねられてから。
「……ん」
　唇を通して伝わる彼の熱。
　ふれる吐息すらも熱い。
　だけど、私は佐久良くんの熱も息もすべて受け入れるように、ついばむようなキスを繰り返した。
「……ずっと君のこと想っているから」
「私も……」
「だから、負けないよ。帰ってくるから」
「うん。待ってる。ずっと待ってるからね」
　日傘の向こう。
　夏が私たちを見ている。
　きっと私たちを試している。
　でも負けない。
　ここで終わりじゃない。
　夏も、秋も、冬も。そして春も。
　この人と一緒にいるのだから。

心の中の君

【side 夏】
「……じゃあ、夏。お母さん、ホテルに戻るからね」
 荷物を持った母さんが、そう言って病室から出ていこうとする。
「うん。わかった。いろいろとありがとう」
「なに言ってるの、今さら。それより、明日は久しぶりに向こうに戻るのよ。長旅になるんだから、今日はなるべくゆっくり休んでおきなさい」
「わかってる」
「絵も、今夜はダメよ」
「……わかっているよ」
 俺がしぶしぶうなずくと、母さんは見透かしたように呆れた笑顔を浮かべた。
「……おやすみ、夏」
 小さく音を立て、病室のドアが閉まる。
 母さんの足音も少しずつ遠ざかり、しんと静寂が訪れた。
 個室なので、家族が帰ると本当に静かだ。
 時間は夜の8時を少し回ったところ。
 看護師の夜の回診はまだだし、いくらなんでも寝るには早すぎる。かといって、テレビを見るような気分にはなれそうにないし。
「……まあ、息抜き程度にならいいよな」

ついつい根を詰めてしまうので、絵は今夜くらいは休めと言われている。実際、画材はほとんど病室から運び出されてしまっているし。
　でも、この静寂の中、何もしないでいるのはそれこそストレスで体によくない気がする。
　だから……こっそり残しておいたクロッキー帳を取り出し、鉛筆を片手にパラパラとめくっていく。
　そこには、今までのスケッチがたくさん残されていた。
　この町の海、自然、猫のシジミの姿もある。懐かしい毛並みに少し切なくなった。
　そして、あるときから、急にたくさんスケッチに登場しはじめた人。
「……松岡さん」
　長い髪に、大きな瞳。ちょっと大人しそうで、でも芯の強そうな女の子。
　この町で再会した、俺の……初恋の人。

　彼女は、中学時代、同じ美術部だった。
　それほど目立つタイプではなかったけれど、部活を休むこともなく毎日来ていて、楽しそうに絵を描いていたのが印象的だった。
　あるとき『何を書いているの？』と話しかけると、少し恥ずかしそうに笑いながら夕焼け空の下で、３人の親子が手をつないで歩いている絵を見せてくれた。
『昔の思い出なの。……といっても、家のアルバムの写真

から描いているから、私はちゃんと覚えていないけれど』
　そう言ったときの松岡さんは、楽しそうだったけど寂しそうでもあった。
　あとからその寂しそうな理由を知ることになる。
　彼女の母親はすでに亡くなっていて、父親と２人暮らしらしい。
　父親とはとても仲がよくてうまくいっているみたいだけど、俺は松岡さんから、どこかアンバランスで不安定なところを感じずにはいられなかった。
　彼女の描く絵は、そのほとんどが家族の思い出だった。
　しかも小さいときの、まだ母親が生きていたときのこと。
　わざわざアルバムから写真を探して、いつも参考にしているらしい。
　写真を元に描く人は多いし、それ自体は悪いことでは決してないけれど、松岡さんには一種の意地のようなものを感じた。
　まるで絵に描くことで、家族の存在を忘れないようにしている……。
　もっと言えば、絵の中の幼い自分に戻りたがっているようにも思えた。
　……もちろん、こんなふうに勝手なイメージをいだくのは、松岡さんに失礼だとわかっている。
　でも、俺はそんなどこか不安定な、言ってしまえば子どものような一面がある彼女のことが、いつからかとても気になるようになっていた。

春の、ある土曜日のこと。
　美術部は休日活動として、近くの緑地公園にスケッチ大会に行くことになった。
　その日は休日ということで、みんないつもの制服とは違う私服姿で、シンプルなワンピースを着た松岡さんに、少しドキドキしたのを覚えている。
　このときにはきっと、『なんとなく気になる子』から『女の子として気になる子』に変わっていたのだろう。
　春ということもあり、緑地公園には色とりどりのさまざまな花が咲いていた。
　美術部のみんなのスケッチは、ほとんどがその花が対象になる。
　俺もタンポポやパンジーなど、目についた花を片っ端からスケッチしていった。
　春の花はどれも誇らしそうだ。
　厳しい冬を越えて花をつけるためか、どんなにかわいく可憐(かれん)な花も、ピンと背筋が伸びたような自信を感じる。
　それが生命力というものなのかも知れない。
　……うらやましいなと、ふと心に浮かび、そんな惨めな考えを頭を振って追い出した。
　気を取り直して、スケッチブックに目の前の景色を描き写していく。
　赤や黄色のチューリップをスケッチしていると、隣に人の気配を感じた。
『……佐久良くん、ここいい？』

松岡さんだった。
　少しはにかむように、微笑んでいる。
　もちろんいいよ、とうなずくと、うれしそうに俺の横にしゃがみ込んだ。
　そして目の前のチューリップを真剣に見つめる。
　その横顔はあどけなくて、かわいかった。
　紙の上で鉛筆を走らせ、かと思えばその鉛筆をあごにあて、考え込むような表情。
　目まぐるしく変わる様子が微笑ましくて、思わず小さな笑い声が漏れてしまった。
　すぐにパッと松岡さんがこちらを向く。
『……さ、佐久良くん！　今、笑った？』
『あ、うん。ごめん。松岡さんの真剣な様子が、えーと、その……面白くて』
『え、何それ！』
『バカにしてるんじゃないよ、本当に。その……微笑ましいっていうか……』
　さすがに面と向かって、かわいいと言うのは恥ずかしいし、付き合っているわけでもないのに気まずい。
　松岡さんはあまり納得いってないみたいで、むっとしている。
　やはりバカにされていると思っているのだろうか。
　でもその顔は、俺のスケッチブックを見るとコロッと変わった。
『……わあ、佐久良くん、やっぱりすごいねー！』

『え?』
『スケッチ! すごい上手! 私のとは全然違う』
『そ、そうかな……。まだただのスケッチだし』
『えー、それでもすごいよ。私もこれくらい描けたらな』
　そう言って松岡さんが自分のスケッチを見せてくれる。
　彼女らしい、素直な絵だと思った。
『俺は、松岡さんの絵が好きだけどな』
『えっ、いや、私なんてまだまだだよ。お世辞はやめてよ』
『本当だよ。懐かしい感じがする』
　松岡さんの絵は……例えるなら、幼い子どもが自分の好きなものを画用紙に自由に描くのに近いかもしれない。
　母親の顔を描いて、うれしそうにそれを親に見せる幼子。
　家族旅行の楽しかった思い出を絵日記に描く小学生。
　もちろん、画力を子どものそれと比べるのは失礼だけれど、松岡さんの絵から感じる懐かしさや純粋さは、そこに通じるものがある気がした。
　俺は、彼女の絵のそんな純粋さに惹かれている。
　そして、それと同じくらい。
　……松岡さんが心配なのだろう。
『……ね、佐久良くん』
　自分がバカにされているわけでないと納得してくれたらしい松岡さんは、チューリップのスケッチを再開している。
　そして鉛筆を動かしながら、ポツリとつぶやいた。
　俺も同じようにチューリップを描きながら、『何?』と返事をする。

『チューリップってさ、本当に歌と同じだよね』
『……？　どういうこと？』
『ほら、あるじゃない。咲いた～咲いた～って歌』
『……ああ、うん』
　赤、白、黄色……って続くやつか。
『あれと同じでね。本当に赤とか白とか黄色の花が咲くんだなって』
『そうだね』
『なんでだろうね。だってさ、桜は桜色だし、タンポポも黄色ばっかりじゃない。でも……どうしてチューリップはいろんな色が咲くのかな』
『……うーん』
　さすがに返事に詰まってしまった。
　そんなこと考えたこともない。
　チューリップは、それが当たり前だと思っていたから。
　……いや。
　いつの間にか、"それが当たり前だ"と思うことが増えた気がする。
　思えば、松岡さんはときどき、そういうことを言う。
　俺や、他の人が気にしたこともないような疑問を口にしたりする。
　どうして夕焼けは赤いのかとか、ちょっと変わったところでは、どうしてミカンは揉むと甘くなるのか……とか。
　そう……。
　それこそ、小さな子どもが親に尋ねるようなことを口に

する。
　もしかしたら、松岡さんはみんなが親にそういう疑問を投げかけるときに、『どうして』を繰り返すときに、きちんと質問する時間がなかったのだろうか。
　まったく知るよしもない彼女の子ども時代に対して、そんなふうに勘ぐってさえしてしまう。
　だって、そんな子どもみたいな疑問を口にする松岡さんの姿は、彼女の描く絵の幼さとだぶって、やはり俺にはとても不安定に見えたから。
　俺は、そんな彼女がとても頼りなく見えて心配で……。
　だけど、そのあどけなさがかわいらしくも見えたから。
『……松岡さんって面白いね』
『え、どこが？』
『……全部』
　俺は……きっとそんな松岡さんのすべてに惹かれているんだ。
　幼くて不安定な彼女が心配だ。
　そして、その純粋さがかわいくて眩しい。
　そばにいて守ってあげたい。
　できるなら、支えてあげたい。
　いつの間にか、気になっていた不思議な女の子。
　彼女は俺の初めての恋として。
　俺の心に住みついていた。

「……それが、まさか再会するなんてな」

クロッキー帳に描かれた、現在の松岡さんを見ながら、しみじみとつぶやく。
　転校で離れてから、もう二度と会うことなんてないと思っていた。
　それこそ、俺が死ぬときまで……。
　だけど本当は、ずっと忘れてなんていなかったのだ。
　だから、海で会ったときすぐに彼女だとわかった。
　あまり変わってなかった、というのもある。
　でも何より、松岡さんは離れてからもずっと俺の心の奥底にいたから。
　あのときの彼女と過ごした記憶が、彼女を守りたいという思いが離れてからも心に残って、なくなっていなかったのだ。
「俺は、負けない。絶対に松岡さんのところに帰るんだ」
　クロッキー帳にある彼女の表情は暗いものが多い。
　前に俺が心配していた彼女の純粋さや不安定さは、今は悪い方向に働いてしまっているらしい。
　まわりの変化についていけず、すべてを拒絶しているように思えた。
　いいことも、悪いこともすべて……。
　それは結局、松岡さん自身が乗り越えないといけないことなのだろう。
　俺が本当の意味でできることはないのかもしれない。
　でも、彼女の苦しみに寄り添うことはできるはずだ。
　きっと、松岡さんをもっとも苦しめているのは孤独。

だから俺がきちんと伝えられたら。
届けたい。
君をこんなにも思っていると。
1人で苦しむことはないと。
誰より大切に思っていると。
ずっと、ずっと……君を見守りたいと。
そう、届けたい。

「……そのためには、治さないと」
クロッキー帳を閉じ、同時に目もつぶった。
まぶたの裏に松岡さんの姿が焼きついている気がする。
……ああ。絵を描きたいな。
君を描きたい。
できることなら、これからもずっと。
そう思うと、とても強い気持ちになれる。
なのに、なぜか1粒の涙がこぼれた。

第5章

ごめんね

　佐久良くんが治療に戻り、10日ほどがすぎた。
　夏はまだまだ続いている。
　その暑さは衰えることなく、当たり前のように毎日30度超えを記録している。
　おじいちゃんの家に来たのは、7月の初めだった。
　それが、もう8月も10日がすぎた。
　あと2週間もすれば夏休みも終わる。
「……私は、これからどうしよう」
　佐久良くんには、ずっと待っていると言った。
　彼も待っていてほしいと言ってくれた。
　だけど、このまま何もせずおじいちゃんの家に引きこもったまま待つのは違うだろうし、佐久良くんもそれを望んではいないだろう。
　佐久良くんは病気と……自分と闘うために戻っていったのだ。
　だったら、私も……。
「……確か、この辺にしまっておいたよね……」
　私は部屋の隅に置かれている自分の荷物をあさる。
　そして、以前あずささんが持ってきた、学校のプリント類が入っているカバンを取り出した。
　……じつは、まだ一度も中身を見たことがなかった。
　学校も、あずささんのことも考えたくなかったから。

でも、それじゃあダメだ。
夏休みは終わる。佐久良くんも闘っている。
なら、私も逃げるのはそろそろおしまいにしないと。
カバンからは、あずさん の言うとおり、たくさんのプリントが出てきた。
夏休みについての諸注意やスケジュール、それに宿題。
それから……手紙。
ピンクの封筒に入っているかわいらしいものだ。
あずさんが言っていた。
クラスの友達から手紙を預かっていると。
「……友達なんて、いないけど」
でも、手紙の相手には心当たりがある。
田中さん。
あのとき気まずく別れ、そのまま私が不登校になったから責任を感じてしまっているのかもしれない。
言いすぎたからごめん、とでも書いてあるのだろうか。
そんな社交辞令は欲しくないと思いながらも、変に責任を感じさせるのも申し訳なかったりする。
「……私も、いろいろ言っちゃったしね」
あのとき、私がもう少し態度を変えていたら、何か違っていたのかな。
今となってはそんなふうに思うのだ。
「……まあ……とりあえず、読んでみよう」
封筒の裏には、予想どおり田中さんの名前。
私は手紙の封を開けた。

松岡さん。
 元気ですか？
 松岡さんが休んで、もう1週間になります。
 明日から夏休みです。
 松岡さんと仲直りしてから夏休みに入りたかったので、少し残念です。
 この前のことは、ごめんね。
 東京弁をからかうみたいになって反省しています。
 自分の言葉のこと、バカにされたら嫌だよね。
 それは私たちも一緒です。
 だから、できたらお互いに謝って仲直りしたかった。
 もちろん、先に言い出した私たちのほうが悪いけど。
 あのね。
 正直に言うね。
 私たちは、聞き慣れてないから東京弁は苦手です。
 でも、嫌いじゃないです。
 松岡さんのことも、好きでも嫌いでもないです。
 というか……。
 松岡さんのこと全然知らないから、東京から来た、東京弁を話す人ってことしか知らないから……。
 もしかしたら、苦手なのかもしれません。
 だから、松岡さんのことを知りたいです。
 そうすれば好きになると思います。
 松岡さんのことも、東京弁も。

たくさん話しませんか?
松岡さんのことも。私たちのことも。
美術部も来てくれませんか?
一緒に絵を描こうよ。
教えてください。松岡さんのこと。
知りたいです。
せっかく同じクラスになったんだから。
仲良くなれるきっかけを作ろう。
9月に会えるといいなと思います。
待ってます。
田中亜希より。
あ、それとな。
なんか、宿題すごい多いやろ。
わからんとこあったら聞いてください。
メッセージ書いとくね。

「……」

手紙を読み終わった私は、深くため息をついた。

ひどく自分が恥ずかしい気持ちだった。

田中さんからの手紙には、私が予想していたような社交辞令はあまり見られなかった。

代わりに……私の弱さを見透かすような、そんな鋭さがあるように思えた。

それは、以前に佐久良くんが見せた鋭さによく似ている。

佐久良くんは、お父さんの再婚以来何もうまくいかなくなったと泣く私を『うまくいかないことを、全部再婚のせいにしてるんじゃないのか』と諭した。
　そのとき私はカッとなって、まともに話を聞けなかったけれど……。
　そうだ、きっと。あのときと同じ。
　私はクラスでうまくやっていけないのを言葉のせいにしていたけれど、そんなのただの言い訳だった。
　結局は自分の弱さが招いたこと。
　新しい環境が怖くて、馴染む努力を放棄して、それを一番わかりやすい言葉のせいにした。
　だって、それが楽だったから。
　方言の違いで馴染めないのだということにしておけば、私という人間のプライドはギリギリ守られる。
　私の人格や性格が否定されたわけではない、と。
　そう思おうとしていたんだ。
　……それを、田中さんの手紙でハッキリ気づかされた。
「……私……恥ずかしい」
　恥ずかしい。恥ずかしい。みっともない。
　思えば、ずっと言い訳ばかりしている。
　楽なほうへとばかり逃げている。
　佐久良くんの言うとおりだった。
　人のせいにばかりして、自分はなんの努力もしないで。
　ここでもおじいちゃんや、何より佐久良くんの優しさや思いにばかり甘えて。

佐久良くんが守ってくれると言ったことに、満足して。
　今……佐久良くんは自分の病気と闘っているのに。
「……私は……恥ずかしい」
　でも……。
　少しでも、変わりたい。
　佐久良くん。
　今度は私があなたを守りたい。
　ようやく、そう、心から思った。
　自分を恥ずかしいと。みっともないと。
　変わらないといけないと。
　やっと、本当に思えた。
「……そうだ。夏休みは終わるんだ。私も終わらせないと」
　私は閉めきっていたふすまを開けて、部屋から出た。
　おじいちゃんと話そう。
　これからのことについて。
　そして一度、大阪に戻ろう。
　お父さんや……あずささんとも話さないと。
　しっかり見極めよう。
　言い訳するんじゃなくて。
　寂しさや、悔しさに流されるんじゃなくて。
　お父さんの再婚を、新しい家族を、自分が本当はどう思っているのかを。
「……おじいちゃん」
　階下に下りて、おじいちゃんを探す。
　いつもなら台所で何か作業をしているころだろうか。

でも台所を覗くと誰もいない。
　……どこにいるんだろう。
「……おじいちゃん、話があるの」
　すると、リビングのほうから話し声が聞こえてきた。
　ほそぼそと、どこか声をひそめるように話している。
　おじいちゃん以外の声はしないので、おそらく電話で話しているのだろう。
　……電話が終わるまで待っていようかな。
　そう思い、リビングのふすまの前に立つ。
　すると、
「……ああ。麻衣ちゃんには……そうやな……いつ知らせよか……ああ……」
　そんな声が漏れ聞こえてきた。
　……私？
　思わずふすまに近づき、聞き耳を立てる。
　おじいちゃんは鼻をすするような音を立て、ゆっくり続けた。
「……夏くん、残念やったな。かわいそうに……まだ若いのに……」
　──え。
　佐久良、くん……？
「……頑張ってたのに。亡くなってもうたなんて……」
「……っ!?」
　その、言葉に。
　頭が真っ白に、いや……真っ暗になった。

ガタンッ……。
　いやに耳障りな音がした。
　私がその場に崩れ落ちる音だった。
　体に力が入らない。
　膝が、脚が、体がガクガクと震えている。
「……ま、麻衣ちゃんか!?」
　音を聞きつけたのか、おじいちゃんが部屋から出てきた。
　でもそのおじいちゃんの声も、姿も、とても遠いものに感じる。
　何もかもが私の中に入ってこない。
　ただ、ドクドクと自分の心臓の音だけがうるさかった。
　佐久良くん。
　佐久良くん。
　その、儚いけど優しい笑顔と、熱い体温が思い出される。
　佐久良くん。
　佐久良くん。
　ねえ、佐久良くん。
　……絶対に戻ってきてくれるって言ってくれたよね。
　だから大丈夫だよね。
　私とずっと一緒にいてくれるって言ったじゃない。
　嘘じゃないでしょう。
　佐久良くん。
　私、あなたがいないと生きていけないよ。
「……お、じいちゃん……今の話……」
　震える声でおじいちゃんに問いかける。

そうしている間も、涙でどんどん視界がぼやけていく。
　おじいちゃんの姿がゆがんで見える。
「……麻衣ちゃん、聞いていたんか」
　その表情までもつらそうにゆがんで見えたのは、涙でにじんだ視界のせいだろうか。
「さ、佐久良くんが……佐久良くん……が、なんて……嘘、だよね……。おじいちゃん、ねえ……そんなこと、ないよね……」
「……麻衣ちゃん」
　眉間にシワを寄せ、私を見つめるおじいちゃん。
　次の瞬間、唇を軽く嚙み、ふいっと目をそらした。
　そして……。
「……嘘やない。昨日の深夜に……」
「……っ」
「わしも嘘やったらと思ったけど……嘘やないんや……」
「……そ、んな……い、や……嫌……」
「麻衣ちゃ……」
「嫌っ!!　嘘だ!!　嫌あああ!!!」
　戸惑いの声が、いつしかのどが熱くなるほどの叫び声に変わっていた。
　私に差し出されたおじいちゃんの手を振り払う。
　そのまま頭を抱え、叫び続けた。
「やだ……佐久良くんっ！　嫌だ……嫌だ……っ……やだああ！　佐久良くん、佐久良くん、佐久良くん!!」
　のどが痛い。

目も鼻も口も、すべてが熱く痛い。

そして何より胸が痛い。苦しい。引き裂かれるように激しく痛む。

このまま痛みに身を任せ、いなくなってしまいたい。

どけだけ泣いたら、叫んだら、この息を止めることができるのだろう。

佐久良くん。佐久良くん。佐久良くん。

この声にもう応えてくれる人がいないなら。

あなたが私のところにもう帰ってきてくれないなら。

私の生きる意味なんてどこにもない。

私の好きな人は、大切な人は、いつもこうしていなくなってしまう。

私を置いていなくなってしまう。

もう嫌だ。

もう無理だ。

耐えられない。

頑張れない。

少しでも前を向かないと、と思ったけれど、そう思えたのは佐久良くんがいてくれたからで。佐久良くんと一緒に生きていきたいと思っていたからで。

その佐久良くんがいなくなってしまったなら、もう、私に頑張る理由なんてない。

生きていく理由なんて、きっともうない。

あるわけがないんだ。

夜の海

　それから数日は、どうしていたのかわからない。
　おじいちゃんが、ずっと話しかけてくれていた気がする。
　でも、ちっとも覚えていない。
　ごはんを食べたり、寝たりした記憶も曖昧だ。
　ただ、佐久良くんの姿を何度も何度も見た気がしたから、夢は見ていたのかもしれない。
「……佐久良くん」
　部屋に寝転がり、ほんやりと天井を見ながらつぶやく。
　すると勝手に涙が目から溢れ出し、流れた。
　どれだけ泣いたら涙は出なくなるのだろう。
　涙が枯れるなんて言葉、嘘だったんだ。
　……もし、このままずっと泣き続けていたら、私の体も涙に溶けてなくなってしまわないかな。
　そうして、佐久良くんのところに行きたい。
　佐久良くんと一緒にいたい。
「……死にたい」
　それは、あまりに自然に口から出た言葉。
　涙と一緒に薄暗い部屋に消えていく。
「……死にたい……死にたい……佐久良くんのところに行きたい……死んでしまいたい……っ」
　一度口に出すと止まらなかった。
　せきを切ったように溢れ出す言葉。

本当はずっとそう思っていたのかもしれない。
この町に来る前からずっと。
死んでしまいたいって……。
　——なー。
「……!?」
　声が……聞こえた気がした。
　それは人間のものではない。
　でも聞き覚えのある、懐かしい声。
「……シジミ？」
　そんなわけない。
　シジミはもういないんだ。
　あの子も、私を置いていなくなってしまったんだから。
　大切で大好きな人たちは、みんな私を置いていくんだ。
　——なー。
　でも。
　そんな私を否定するかのように、また鳴き声が聞こえてきた。
　——なー……なー……なー。
　何度も。何度も。
　まるで私を呼ぶように。
「……シジミ……まさか、本当にシジミなの？」
　半信半疑ながら、ゆっくりと部屋を見回す。
　すると、窓のところ……わずかに開いたカーテンの隙間に、見覚えのあるシルエットが浮かび上がっていた。
「……え」

おそるおそる窓に近づき、カーテンを開ける。
　そこには月明かりに照らされるように光るシジミが、ふわりと浮かんでいた。
「……シジミ？」
　——なー。
　返事をするように鳴くシジミ。
　するり身をひるがえすと、夜空に飛び込むように去っていこうとする。
　だけど一瞬こちらを振り向いて、また鳴いた。
「……もしかして、ついてきてって言ってるの……？」
　悲しみでぼんやりしている頭の中。
　それでもシジミの声だけがリアルに響く。
　気づけば私は部屋を飛び出し、階段を駆け下りていた。
　……シジミが呼んでいる。
　私を呼んでいる。
　佐久良くんと一緒に私のそばにいてくれた、シジミが呼んでいる。
　玄関へ向かい、サンダルを引っかけ外に出ようとする。
　すると奥からふすまを開く音がして、おじいちゃんの叫ぶ声がした。
「……麻衣ちゃん!?　どうしたんや。どこに行くんや」
「……」
　でも、私はそれを無視して扉を開ける。
　それどころではなかった。
「……麻衣ちゃん!?」

おじいちゃんが駆け寄ってきて私の腕をつかむ。
「麻衣ちゃん、どこ行くんや。もう夜やで。危ないから家におりなさい」
「嫌！　離して！　呼んでいるの……私、行かないと！」
「!?　麻衣ちゃん、行ったらアカン！　ここにおり！　もうすぐお父さんたちも来てくれるから」
「……え？……っ、やめて……！」
　私はおじいちゃんの腕を振り払った。
「お父さんなんて知らない！　私は……行くの……っ！呼んでいるから、一緒に行くの……！」
　そう叫ぶと、振り返らずに夜の闇の中に走り出した。
　シジミの声だけを頼りに。
「……ま、麻衣ちゃ……！」
　おじいちゃんが私を呼んでいる気がしたけれど、もうどうでもよかった。
　夜の町をサンダルで走る。
　昼とはまったく違う姿を見せる夜の町。
　田舎の夜。
　街灯は少なく、車もほとんど走っていなくて。
　本当に闇だけが広がっているように思えた。
　そんな中、私を導くのは鳴き声と、前でぼんやりと光る猫の後ろ姿。
　その輝きと、ふわりと浮いた様子からこの世のものでないのは明らかで。
　だからこそ余計に安心できた。

「……はあっ、はっ、はあ……」
 どうしてこんなに懸命に走っているのかわからない。
 ただ今は、シジミだけが私を支えてくれる唯一の存在に思えた。
 追い求めているだけかもしれない。
 佐久良くんの影を、佐久良くんとシジミと一緒に過ごした幸せだった日々を……。

「……はあっ……」
 やがて到着したのは海だった。
 真っ暗い夜の海。
 水平線が曖昧なくらい空も海も真っ黒で、星の光さえ、その暗さを照らすには充分な力を持っていない。
 ただ波の音だけが、ひっきりなしに響いていた。
 ——なー……。
 シジミは一声鳴いて、その闇の中に入っていく。
 海面を滑るように前へと進む。
 そして途中でピタリと足を止めて、私を振り返りまた鳴いた。
「……シジミ」
 私にも来いって言っているの。
 真っ暗な闇を目の前に、たじろぐ。
 引いては寄せる波すらも、今は夜の闇から伸びる黒い手のように見えた。
 このまま闇にのみ込まれたら、二度とここには帰っては

こられないような。
　そんな予感がした。
　──なー。
　また、シジミが１つ鳴く。
　すると闇の向こうに誰かの姿が見えた気がした。
　痩身の、儚げなシルエット。
　懐かしいその姿。
「……さくら、くん」
　そのとき。
　いつかの言葉がよみがえってきた。
『この町で死んだら、その命は海に行く。波になって、引いては寄せて、大切な人を見守る。いつまでも、いつまでも……』
「……佐久良くん、いるの？」
　海に、いるの？
　佐久良くんはこの町で死んだわけじゃない。
　だから、この海にいるはずはない。
　でも、わかる。
　いる気がするの。
　この海に。この闇の中に。
「……佐久良くん……！」
　そうだ。
　何を迷っているのか。
　自分で望んだことじゃないか。
　佐久良くんと一緒に生きたいと。

ずっと一緒にいたいと。
　もう……死んでしまいたいと。
　闇にのまれ、佐久良くんと一緒にいられるなら、この海に沈んでいくのもかまわない。
　私はシジミと佐久良くんの影を追うように、海へと入っていった。

私は……

　夜の海は冷たい。
　水に浸かった足の先から、全身に冷気が回っていくような感覚に襲われる。
　濡れた砂がずぶりと沈み、足に絡む。
　足が重く、歩きにくい。
　岸へと寄せる波が、歩みをさまたげる。
　それでも私は歩を進めていった。
　足首までだった海の水は、膝まで、太ももまでと、歩いていくごとに深くなり、やがて腰のあたりまで達した。
　このまま行けば沈んでしまうだろう。
　でも、それでもいい。
　佐久良くんとずっと一緒にいるんだから。
「……あっ」
　胸のあたりまで海水に浸かったとき、ひときわ大きい波が寄せ、私は頭からぐしょ濡れになった。
　海水で鼻がつんとなる。
　少し飲んでしまったのか、のどが痛くなり、私は軽くむせた。
　それを合図にするかのように、高い波が顔に当たる。
　そのたび呼吸がうまくできなくなり、口から「はあはあ」と情けない息が漏れた。
　……ぞくり、と底知れない恐怖を感じる。

当たり前だけど、水の中では息ができない。
　波は私を、あっさりとのみ込むこともできてしまう。
　波が高くなったのは、別に急に海が荒れたからじゃない。
　私が沖へと進んでいるから。
　そして、さらに先に進むということは……。
「……っ」
　私はそれでも歩みを止めない。
　水の冷たさも、ときどき息が詰まるのも、髪や顔を濡らす海水も怖くないと言えば嘘になるけれど……。
　それよりも、何よりも、佐久良くんなしでこれからも生きていかないといけないことが苦しかった。
「……さっ、くら……く……さくらくっ……ん」
　口に入る海水にえずきながら、必死に佐久良くんの名前を呼ぶ。
　目の前の闇が少しだけ揺らいだ気がした。
　そして、なー……と何かを訴えかけるような鳴き声。
「……シジ、ミ……」
　目の前がチカッと光った。
　舟のライトかと思ったけど、まったく違う。
　現れたのは、体を輝かせた1匹の猫だった。
　黄金色に光る毛並みはふわふわで、私の記憶にあるその猫のものとは違っていた。
　でも正面から見たその顔は、その瞳は、間違いなくシジミのもの。
　心配そうに私を見つめる表情は、別れの夜にシジミが見

せてくれたものと変わりなかった。
「……シジミ」
 シジミは私に甘えるように顔を擦り寄せる。
 それは触れることなく、私の体をすり抜けた。
 そんなことからも、目の前のシジミが、もうこの世界の存在ではないことがわかる。
 ──なー……。
 シジミは寂しそうに鳴くと、海面を軽やかに駆けていく。
 私のいる場所より、もっと沖へ。
「……シジミ……っ!」
 思わずシジミを追おうとする私の前に、さらにもう1つの光が現れた。
 シジミのものより大きく、だけど弱い光。
 シジミはその光の足元に体を寄せた。
 光はシジミを包み込み、抱き上げる。
「……あ」
 抱かれたシジミを目で追うように顔を上げると、懐かしい瞳と目が合った。
 優しくて、儚い瞳。
 細い体と、穏やかな笑顔。
「……さく……ら……く」
 佐久良くん。
 私の好きな人。
 ずっとずっと大好きな人。
 シジミと同じようなまばゆい光をまとい、海に浮かぶよ

うに立っていた。
「……佐久良、くん」
　笑顔は変わらず優しくて。
　最後に別れたときのような、どこか苦しそうな様子はなかった。
　今までで一番きれいな姿だとすら思った。
　でも、もうそれは以前の佐久良くんじゃなかった。
　私を好きだと言ってくれた、キスを交わした、帰ってくると約束してくれた佐久良くんじゃなかった。
　今は、シジミと同じような光に包まれた、私と違う世界の存在。
　私と生きていくことはできない人だ。
「……佐久良くん、どうして……。私、私……信じていたのに。あなたと生きていきたいって、ずっと一緒に生きていくんだって……思っていたのに……。私のこと好きだって……守ってくれるって言ったのに……。なのに……。なんで置いていっちゃうのぉ!?　なんで、なんで、私を置いて……いっちゃうの!?　なんでよ……、なんでぇ!!」
　叫ぶたび、海水が私の口に入る。
　もはや水なのかなんなのかわからないものを吐き出しながら、私は佐久良くんに向かって泣き叫んだ。
　佐久良くんはその笑顔を悲しげに曇らせ、かぶりを振る。
　涙は出ていなかったけれど、今にも泣き出しそうな表情だった。
　佐久良くんはシジミをゆっくりと足元に下ろす。

そしてその手を私に差し出した。
　……一緒に、行く？
　どこからか。
　頭に直接語りかけるように、そんな声が響く。
　佐久良くんの目を見ると、彼はゆっくりとうなずいた。
　……一緒に。
　佐久良くんと一緒に。
　その言葉の意味。
　この世界を捨てること。
　もう二度と戻れなくなること。
　もう……生きていけないということ。
「……佐久良くん。……連れて、いって……」
　私は佐久良くんに向かって腕を伸ばす。
　次の瞬間、ことさら高い波が目の前に上がった。
　——麻衣子！
　そのとき。
　名前を呼ぶ声がした。
　……誰の？
　そう思う間もなく、私の視界は一瞬にして暗い水にふさがれてしまう。
　夜の高波。
　それはあっという間に私をとらえ、海の中へと引きずり込んだ。
「……っ！　う……っ……！」
　衝撃で、肺から空気が一気に出ていってしまう。

真っ暗な視界。
　何も見えない。
　息を吸おうとすれば、空気の代わりに海水がどんどん入ってくる。
　鼻も口も水にふさがれた。
　声も、吐く息も、すべてが水の泡になり、海の中へと消えていく。
　ただ自分が海の水に溶けていくような感覚だけがハッキリとわかった。
　……苦しい。
　気が遠くなる。
　目の裏がチカチカして、頭の中が真っ白になっていく。
　酸素不足で、ぼんやりする意識。
　手も足も動かすことができずに、ゆっくりと、ただゆっくりと体が沈むのに任せていった。
　……これで。
　これで、全部終わる。
　もう終わるんだ。
　――麻衣子！
　……また、声。
　誰の声……？
　誰かが私を呼んでいる。
　この声は……。
「……麻衣子！　どこだ、どこにいるんだ。麻衣子！　返事をしてくれ！　父さんに答えてくれ！」

……お父さん!?
　真っ白になった頭の中。
　なぜかハッキリとある光景が浮かび上がった。
　それと同時に、私のまわりは海中から白く光る世界に。
　息苦しさも急になくなった。
　夜の海。
　海岸の砂浜に、お父さんがいる。
　懐中電灯を持って、おじいちゃんやあずささんと一緒に大声で叫んでいる。
　周囲には、商店街やお祭りで見た、この町のおじさんたちもいた。
「……麻衣子!　どこだ、麻衣子!」
「海に来とると思ったんやけど……違うんやろか。麻衣ちゃん、どこに行ったんや」
　真っ青な顔をしたおじいちゃんが、流れる汗をぬぐおうともせず、あたりを見回す。
　突然、あずささんが何かに気づいたように大声を上げた。
「……っ!　優一さん、これを……!　今、波打ち際に流れてきたわ……」
「サンダル……?」
「これ……うちのサンダルや!　麻衣ちゃんが出ていくときに履いていたやつや……!」
「何……っ!?」
　お父さんがサンダルを持ったまま、海に入っていこうとする。

それを慌てて、商店街のおじさんたちが止めた。
「おいっ！　アンタ、何をする気や！」
「……離してください！　麻衣子が……娘が、たぶん海に行った。海に入ってしまったんだ……！」
「アカン！　落ちつきや！　こんな真っ暗で、海の中を探すのなんか無茶や。今は波も荒れてきとる。あんたが溺れてまうで」
「かまわない！　娘がいるんだ！　娘が……娘が溺れてしまう……！　頼む、離してください！　麻衣子……麻衣子が……っ！　麻衣子……！」
　お父さんの体が震えている。
　真っ暗闇の中、顔が真っ青になっているのがわかった。
　目には涙が浮かんでいる。
　お父さんがこんな顔をしているところを初めて見た。
　こんな、取り乱して、ぼろぼろになっているお父さん。
　お母さんが死んだときにだって、ここまでつらそうにしていなかった。
「……優一さん！　お義父さんが頼んでくださって舟を出してもらえることになりました。乗ってください」
「早よ！　早う乗り！　すぐに出るで！」
　あずささんとおじいちゃんが小さなボートみたいな舟に乗り、お父さんを呼ぶ。
　お父さんはその舟に駆け寄った。
「……すまない！　ありがとうございます、お義父さん！　あずさ、君は舟から降りて砂浜で待っていなさい。危険だ

から」
「……嫌です！　私も行きます！　麻衣ちゃんが心配だから……。私にも行かせてくださいっ」
「しかし……」
「お願いします……！　私……私にとっても麻衣ちゃんは大切な娘なんです……！　お願いします」
　あずささんはそう言って、決して動こうとしない。
　震えて顔を不安そうにゆがめながら、それでも舟のヘリをつかんで放さない。
　最後にはお父さんが折れて、舟はお父さんとあずささんを乗せて出発した。
　……なんで。
　なんで、よ。
　あずささん、なんで？
　私のことなんて放っておけばいいのに。
　私はあずささんに対して一度も、優しかったこともいい子でいたこともなかったのに。
　そんな私をまだ娘だなんて言って。
　バカみたい。
　そんなにお父さんに、よく思われたいの？
　得点稼ぎをしたいの？
　どうせ、そのためなんでしょう。
　……なんて。
　バカは、私だ。
「……あずささん、ごめんなさい」

本当はわかっていた。
　あずささんが精いっぱい私と仲良くしようとしてくれたこと。
　そのとき、きっと。
　あずささんもすごく不安で怖かったこと。
　私が怖かったように、あずささんも怖かっただろう。
　それでも、私とわかり合おうとしてくれた。
　突っぱねて逃げた私と違って。
　あずささんは私を愛そうと向き合ってくれていたんだ。
　今、このときも。
「……麻衣子……麻衣子……！　どこだ！　麻衣子、麻衣子！　返事してくれ！　頼むから返事してくれ！　無事で……無事でいてくれ……！」
「麻衣ちゃん！　麻衣ちゃーん！」
　お父さんと、あずささんの声がする。
　必死に私を呼んでいる。
　無事でいてくれと。
　生きていてくれと呼んでいる。
「……お父さん……あずささん……」
　お父さんたちの声で、姿で、いっぱいになっていく。
　それと同時に、今までのさまざまな思い出が駆け巡っていった。
　お父さんと手をつないで歩いた道。
　毎日のように２人でお母さんのお見舞いに行ったこと。
　帰り道、寂しくて泣く私を、お父さんは優しく手を引い

てくれた。
　お母さんが死んでから、お父さんはできる限り私のそばにいてくれた。
　仕事が忙しくても、学校行事には絶対に来てくれた。
　運動会では私より必死に走っていて。
　参観日では他の子はお母さんが見に来るのが大半だから、お父さんの姿は珍しくて……。
　恥ずかしかったけれど、どこかうれしそうなお父さんを見ると、私もうれしくなった。
『……麻衣子。何か困ったことはないか？　友達とはうまくやっているか？　学校は楽しいか？』
　不器用なお父さんの、いつも直球な問いかけ。
『いつも家事をやってもらってごめんな。お前ももっと遊びたいよな。他の子みたいに、自由な時間がもっとほしいよな』
　そう言っていたお父さん。
　お父さんはいつもそう。
　仕事が忙しくても、いつも私のことを考えてくれた。
　不器用で、それは必ずしも私の望みと合っていないこともあったけれど。
　それでも、お父さんなりに考えてくれていた。
　なのに、私は……。
　――松岡さん。
　佐久良くんが姿を見せて、私に手を伸ばす。
　優しい笑顔を浮かべている。

大好きな笑顔で私を見ている。
　——松岡さん、一緒に……。
　そう言って差し出された手。
　さっきまで私が取ろうとしていたその手。
　その手を握れば、ずっと佐久良くんと一緒にいられる。
「……佐久良くん」
　佐久良くんと一緒にいたい。
　一緒のところに行きたい。
　あなたがいない世界なんて考えられない。
　佐久良くん。佐久良くん。
　佐久良くんが、好き。
　誰よりも大好き。
　だから……。
「……私……」
　だけど……。
「……私……ごめんなさい」
　だけど、佐久良くん。
　ごめんなさい。
「……佐久良くん、好き。大好き。だけど、でも……ごめんなさい。私……私、行けない。あなたと一緒に……行けない」
　あなたを愛してる。
　でも、一緒の世界にはまだ行けない。
「松岡さん……」
　佐久良くんが手を引っ込める。

「ご、ごめんなさい……ごめんなさい、佐久良くん……」

 謝るしかできない私の目から、大粒の涙がぼろぼろと流れていく。

 佐久良くんはそんな私の涙に触れようとして、思いとどまるように手を止めた。

 そしてゆっくりとうなずいて、笑う。

 それは、とてもきれいで、満足そうな笑顔だった。

「……松岡さん、約束、守れなくてごめんね」

「……さ、佐久良くん……」

「……でも、ありがとう……。一緒に来ないことを……選んでくれて」

「……佐久良く……！」

 佐久良くんの体が強く光る。

 あまりのまばゆさに一瞬目を閉じてしまった。

 そして次に目を開けた瞬間、佐久良くんはもうどこにもいなくて。

 私のまわりは、暗くて、深い海の中へと戻ってしまう。

 とっさに手足をばたつかせ、なんとか浮き上がろうとするけどまったくうまくいかない。

 手も足も水にとらわれ思うように動かず、それどころかすぐに疲労で動かなくなってしまった。

 鼻や口から、またたく間に海水が入ってくる。

 苦しさにむせると、口内やのどが痛み、さらにその隙をついて海水が入ってくる。

 それは焼けつくような痛さや苦しさだった。

……怖い。
　私、死ぬのが怖い。
　嫌だ。怖い。
　死ぬのは怖い。
　死にたくない……！
「……麻衣子！」
　突然、腕をつかまれ、引っぱり上げられた。
　沈む一方だった体が一気に浮上する。
　顔が水の上へ出ると、口から鼻から酸素が急激に取り込まれた。
「……ぷはあっ！　はあっ……はあっ……うっ……げほっげほっ……がほっ……！」
　あまりに急に息を吸い込んだため、肺がついていけなかったのか、私は激しく咳き込んだ。
　のどの奥から海水が吐き出され、焼けるように痛い。
　……でも、確かに息ができる。
　私、生きている。
「……あ……私……」
「麻衣子、大丈夫か？」
「……っ！」
　助けてくれたのはお父さんだった。
　泳ぎながら、私を引き上げてくれたらしい。
　お父さんは私を支えながら、海中を泳ぐ。
　背中をさすり、まだうまく呼吸が整わない私をなだめてくれた。

「……お父さん……」
「麻衣子……！　なんてことをしたんだ！　死ぬところだったんだぞ！」
「……っ、おとっ……お父さん……。ほ、本当……に……ご……ごめんなさ……い」
「……無事で……」
「……え」
「……無事で……よかった」
　お父さんはそう言うと、私を抱きしめ、肩を震わせて泣き出した。
「……お、おと……さん。お父さん……お父さん……ごめんなさい……うっ、ああっ、う……ごめんなさい……ごめんなさああい……っ！」
　私もお父さんにつかまり、声を上げて泣いた。
　顔を濡らしているのが、海水なのか涙なのかわからない。
　ただのどが痛くて、そして苦しかった。
「……優一さん、麻衣ちゃん！　こっちへ」
　舟が近づき、あずささんがそこから手を伸ばす。
　波をかぶったのか、あずささんの体もずぶ濡れになっていた。
　でもそんなことまったく気にする様子もなく、私たちだけを見つめて手を伸ばす。
　私はあずささんに引き上げられ、舟へと乗り込んだ。
　あずささんは心から安心したような笑顔を見せて、私を抱きしめた。

「……麻衣ちゃん、よかった……！　本当によかった……」
「あずささん、どうして……」
「おじいさんから連絡があったのよ。麻衣ちゃんがとても落ち込んで苦しんでいるから、来てほしいって。でも来たら麻衣ちゃんは家を飛び出したっていうし、探しても見つからないし、そうしたら海でサンダルが見つかるし。私たち、心配で心配で……」
「……ごめんなさい」
　私が謝ると、あずささんは泣きそうな笑顔を浮かべてかぶりを振った。
「……だいたいのことはおじいさんから聞いたわ。麻衣ちゃん……つらかったね。悲しいね……寂しいね。ごめんね、本当につらいときに、そばにいてあげなくて。私たち……家族なのにね……」
「……あずささん……」
　また涙が流れる。
　とめどなく、いつまでも。
　あずささんがそれを優しくぬぐってくれた。
「……さあ、ほいだら岸へ戻るで。無事でホンマによかった」
　舟の運転をしてくれているおじさんが、私たちにそう声をかける。
　よく見ると、商店街の魚屋のおじさんだった。
「……いやー。奇跡ってのはあるもんやな。あんたを探してたら、急に声が聞こえたんや。人間の声というより……動物……猫みたいな声がな」

「……猫?」
「ああ。ほいで、声のほうへ行ったら、海面が光ってた。もしかしたら月光を反射しとっただけかもしれへんけど、わしらには中から光ってるように見えたんや」
「……もしかして」
「ああ……。そこに潜ってみたら、あんたがおったってわけや。ホンマ不思議なことはあるもんや。神様の導きかもしれへんな」
「……神様」
「それか……死んだ誰かの魂が守ってくれたんかもな」
　おじさんは、そうしみじみと言った。
『この町で死んだら、その命は海に行く。波になって、引いては寄せて、大切な人を見守る。いつまでも、いつまでも……』
　それは町の人が信じている言い伝え。
　佐久良くんが言っていた、海の物語。
「……本当に?　守って、くれたの……?」
　問いかけに応える人は誰もいない。
　ただ、波が寄せては返し、舟を揺らしていた。
　私はお父さんたちに抱きしめられながら、ゆらゆら揺れる海を見て、いつまでも泣いていた。

ゆっくりと……

　舟が浜辺に戻ったとき、私の意識はすでに曖昧だった。
　いろいろな人が駆け寄ってきて、言葉をかけてくれたけど、何を言っているのかよくわからないくらいに。
　ただ、おじいちゃんが、
『みんなが麻衣ちゃんの無事を祈ってくれていたんや。だから助かったんやで』
　そう言ったのは、耳に残っていた。
「……麻衣子、さあ、おじいちゃんの家に戻ろう」
　お父さんがどこからかバスタオルをもらってきて、私の体にかぶせてくれた。
　そのタオルの温かさで、初めて自分の体がひどく冷えていたことに気づく。
「……お父さん、ごめんなさい。ありがとう……」
　お父さんに支えられながら、そのままおじいちゃんとあずささんと一緒に浜を離れた。
　あれほど迷惑をかけたにも関わらず、私を責めたり怒ったりする人はおらず、みんな安心した顔で見送ってくれた。
　だからこそ、余計に申し訳なかった。
　私はこんな優しい人たちが愛した場所を、自分勝手に悲劇の舞台にすることだった。
　……そんなこと許されないね。
　だってこの海は、佐久良くんが大好きだった場所でもあ

るんだから。
　最後に一度だけ振り返ると、黒く暗い海。
　もう佐久良くんの姿も見えない。
　シジミの声も聞こえない。
　だけど私は確信していた。
　あのときの彼らは夢なんかじゃない。
　来てくれたんだ。私に大切なことを教えるために。
　だから、わかっているよ。
　私は大丈夫、なんて言えないけれど。
　それでもこんなことはもうしない。絶対に。

　おじいちゃんの家に戻ってシャワーを浴びたら、そのまま寝たほうがいい、ということになった。
　溺れたことや疲れのせいか、私はふらふらで頭もぼんやりしていたので、素直にそれに従った。
　いつものように寝室へ行こうとすると、お父さんが私を呼び止めた。
「……麻衣子。よかったら、少しだけ話さないか」
「え？」
「お前も疲れているだろうからな、ほんの少しでいい。だけど2人だけで話さないか？」
「……」
　私はぼんやりした頭でうなずいた。
　確かに疲れていたけれど、お父さんと2人できちんと話したかった。

それは今日助けてもらったから、というわけでなく、ずっとずっと、そう思っていたから。
　そして、今の私なら、お父さんと向き合って話せるような気がした。

　お父さんとは、私の寝室で話すことにした。
　布団を敷いて、コロンと横になる。
　話をする態度として行儀はよくないけど、何しろ体力がほとんど残っていないので許してもらう。
　お父さんは私の隣で、直接畳に寝転んだ。
「……麻衣子。眠くなったら、いつでも寝ていいからな」
「ううん。大丈夫……。私も、お父さんと話をしたいと思っていたから。たぶんずっと……」
「……麻衣子……」
　隣から、お父さんの小さなため息が聞こえた。
　それがどんな意味かわからず、少しドキリとする。
　やはり怒っているのだろうか。
　でも、次にお父さんの口から出たのは、意外にも「すまない」という謝罪だった。
「……え？」
「すまなかったな、麻衣子……」
「なん、で、謝るの？　心配をかけたのは私なのに……」
　なんに対しての謝罪なのか。
　以前、私を叩いたこと？
　でも、それは私にも非があった。

じゃあ、私を和歌山に行かせたこと？
　それとも……あずささんと再婚したこと？
「……っ」
　なんだろう。
　あれほど反抗していたくせに、なぜか再婚について謝られるのは嫌だとモヤモヤした。
「……ねえ、お父さん。どうして謝るの？」
「以前にも言ったが……急ぎすぎたからだ」
「……再婚を？」
「いや、それだけじゃない。麻衣子……お前に急がせすぎてしまった」
「……よくわからないよ。ほんと、なんの話？」
「……お前に大人になることを急がせすぎてしまった」
「……っ？」
　思ってもみなかった答えに、思わず体を起こしてお父さんを見やる。
　お父さんは腕を枕のようにして、仰向けで天井を見つめていた。その表情はとても真剣だった。
「……お父さん？」
「昔……お前は聞き分けのいい子どもだったからな。母さんが入院して、そばにあまりいられないとき、寂しそうにしたり泣いたりすることはもちろんあったが、それでも最後には納得してくれた。父さんや母さんが困っているのがわかると、泣いていてもすぐに我慢するんだ。もちろん、そんなお前にすまないとずっと思っていたけれど……知ら

ず知らず甘えていたのも事実だったよ」
「……」
「母さんが死んで父さんの仕事が忙しくなると、ますますワガママを言わなくなったな。学校から帰ると文句も言わず家事をこなして……。本当に、よく頑張ったな」
「……そんな、ことないよ。だって、私にはそれが当たり前だったし」
　お母さんが死んだのも、お父さんが仕事が忙しくて家のことができないのも、誰かが悪いわけじゃない。
　私はむしろ、そんなお父さんの支えになれるのがうれしかった。
　その気持ちは嘘じゃないと今でも思う。
「……麻衣子は、本当によくできた子だ」
「そんなこと……」
「だから父さんは忘れていたんだな。……お前は、まだ16歳だ。まだ……父さんからしたら子どもだ」
「お父さん……」
「やっぱりお前に甘えていたよ。聞き分けがいい麻衣子のことだから、そのうち納得して、この環境の変化も受け入れてくれるだろうと……。そのために、お前の気持ちをちゃんとわかろうとする努力などしようとしなかった」
　お父さんが小さく鼻をすするような音がした。
「……今回、こんなことになって、お前がここまで思い詰めて悲しい思いをしたことに胸が痛んだ。一番ショックだったのが、それほど悲しんだお前が、父さんたちに一言

も相談しようとしなかったこと。……思えば、当たり前だ。そうしたのは、そもそも父さんがお前をわかろうとしなかったのがきっかけなんだから」
「……お父さん、違うよ……。お父さんだけが悪いんじゃない……私は……私……」
「……麻衣子」
　お父さんが天井に向けている目を私に向けた。
　その目は真剣で、そして優しい。
「いいんだ。ゆっくりでいいんだよ」
「……」
「ゆっくり受け入れてくれればいい」
「……」
「たくさん話し合おう」
「……お父さん」
「麻衣子……こんな簡単なことに、なかなか気づけなくてすまなかった」
「違う。……私にも原因があった。私も悪かったの……」
「……そうかもしれない。でもそれも、これからいくらでもやり直せる……そうだろう?」
　お父さんが私を見て優しく笑う。
　私も見つめ返し、深くうなずいた。
「麻衣子。悪いところがあってもいい。いいところも悪いところも、全部含めてお前はお前だ。すべてを受け入れて、そしてゆっくり……」
　お父さんが、いったん言葉を区切る。

それから嚙みしめるように……。
「ゆっくり……子どもから大人になればいい」
　そう言った。
「……うん」
　その言葉は、じんわりと私の心の中にしみ込んでいく。
　叱られたわけでもないのに、今まで怒られたどの瞬間よりも泣きそうになった。
　もちろん、それが悲しい涙でないことは間違いない。
　だって、泣きたいのに心はとても穏やかだったから。
「……お父さん。ありがとう」
「……ああ」
　お父さんと見つめ合い、そう言葉を交わしてから、私は布団にまた寝転んだ。
　もう疲労も眠気も限界だった。
　お父さんはそんな私の頭を数回、不器用に撫でてくれた。
　慣れない手つきで、お世辞にも気持ちいいとは言いがたかったけど、とても安心した。
「……麻衣子。この町は、好きか？」
「……ん……好き」
　まどろみの中で、ぼんやり答える。
「そうか。じつはな……この町で父さんと母さんは出会ったんだ。ちょうどこんな……暑い夏だった」
「え……」
「だからな、この町には父さんと母さんの思い出がたくさんあるんだ。母さんが死んでから逆にそれがつらくなって、

あまり来なくなってしまったけれど……」
　お父さんの手が私をどんどん眠りの世界につれていく。
　ああ、でもまだ眠りたくない。
　もう少し、お父さんの話を聞きたいのに。
「……お父さんは……この町……好き？」
「ああ。大好きだよ。この町も、海も……」
「……お母さんのことは？」
「……好きだよ。ずっとずっと……愛しているよ」
　お父さんの音声から、その言葉は嘘ではないのがわかった。
　だから私は完全に眠りの底に沈む前に、どうしても聞きたい質問を口にする。
「……あずささんのことも……好き？」
「……ああ。好きだよ」
　嘘じゃない。
　私にはわかる。家族だもの。
「……そっ、か。……よかった……」
　本心からそう思った。
「……麻衣子」
「お父さんは……生きて……いるんだもんね……」
　お父さんは、まだお母さんを愛している。
　そして、また新しい恋をした。
　それは裏切りなんかじゃない。
　お父さんが生きているから。お父さんがお母さんを本気で愛していたからこそ、その愛が幸せなものだったからこ

そ、また人を愛することができたのかもしれない。
　ならば、きっと寂しいことなんかじゃない。
　いや、本当は少し寂しいけれど、でも、それ以上に幸せなことなんだ。
　そう思えるようになったのは……きっと、佐久良くんと恋をしたから。

　お母さん。
　お母さんがここでお父さんと出会ったように。
　私もこの町で恋をしたよ。
　これから先の人生を、その人と歩むことはできなくなってしまったけれど、その人と恋をしてよかった。
　幸せだった。
　これからも、あれは幸せな恋だった、彼との出会いは一生の宝物だったと言えるように……私は生きていきたい。

　お父さんに見守られて、私は眠りに落ちていった。
　そのとき、お父さんの不器用な手の他に、細く優しい手が私に触れたように感じた。
『……麻衣子』
　穏やかな、懐かしい声。
　きっといつも私のそばにいてくれた声。
　懐かしくて、優しくて、うれしい。
　私は安心して、ゆっくりゆっくりと意識を手離した。

第6章

あげられなかった

　助けられてから数日。
　私は熱を出して寝込んでしまった。
　疲労と、そして何よりストレスが原因とのことだった。
　熱にうなされ、意識が朦朧とする日々。
　私を献身的に介抱してくれたのは、あずささんだった。
　どうしても仕事を休めなくて大阪に戻ったお父さんや、日々の雑務に忙しいおじいちゃんの代わりに、あずささんはここに残り私のそばにいてくれた。
　おかゆを作り薬を用意してくれただけでなく、着替えを手伝ってくれたり、時にフルーツやアイスクリームを食べさせてくれたり。
　余計な話はしなかったけれど、あずささんはいつもそばにいてくれた。
　風邪で苦しいときに、すぐ近くに誰かがいる。
　それはとても懐かしい安心感だった。
　やがて1週間ほどして熱は下がり、だるさは残るものの、ほぼ体調が戻ったころのこと。
　おじいちゃんの家にお客さんがやってきた。
　私のお客さんだった。
　あずささんと同じくらいの年の女の人。
　長い髪の、きれいだけれど、どこか儚い雰囲気の人。
　顔を見て、すぐに誰かわかった。

彼女はとてもよく似ていたから。

佐久良くんに……よく似ていたから。

「……はじめまして。佐久良夏の母親です」

彼女は、予想どおりの自己紹介をした。

「松岡麻衣子さん……夏と仲良くしてくださって、ありがとうございました」

そう言って、にっこり笑う佐久良くんのお母さん。

落ちついてはいたけれど、頬はげっそりとやつれ、目のあたりは泣きつかれたように腫れていた。

「……い、いえ……私こそ……ありがとうございました。私……たくさん佐久良くんに助けてもらいました。佐久良くんに……救われました」

「それは……夏も同じです。生まれつき体が弱くて、どこか諦めたように生きていた夏が、ここ最近、本当に幸せそうでした。亡くなるまでの、ほんの数週間だけだったけど、あの子は今までのどの瞬間よりも、ハッキリと生きていました」

佐久良くんのお母さんは、小さく鼻をすする。

「松岡さんにまた会いに行くって……あなたに絵を見てもらうって……そう言っていた夏は、本当に前向きで……生きようと一生懸命でした。それは叶わず、あの子の人生はあまりに短かったかもしれませんが、あの子はあのとき、決して不幸ではなかったと思います。だって、最後の最後まであの子は生きるのを諦めようとしなかったから。最後まで生きていけると信じていたから……だから……あの子

は……幸せだった……と思いま……す」
　涙をこらえるようにしながら、それでも佐久良くんのお母さんは私を真っ直ぐ見て話してくれた。
　佐久良くんの最後の言葉を、１つ残らず伝えようとするかのように。
　だから私もその視線を正面から受け、泣くことなく聞き続けた。
　お母さんが泣いていないのに、私がここで泣けないと思ったから。
「……松岡さん。ありがとうございました。あの子に、恋と希望を教えてくれて、ありがとう……」
　佐久良くんのお母さんは、その言葉を最後に深く深く頭を下げた。
　そして……。
「……それと、これを。最後に夏が描いていた絵です。もしよかったら、あの子の形見として、受け取ってください」
　そう言って、ふろしきに包まれたキャンバスを私へと差し出した。
「……ありがとうございます」
　私はキャンバスを受け取った。
　ズシリと重い。
　佐久良くんが私に残したものは、いくつもの思い出と、この重いキャンバス。
　キャンバスをギュッと抱きしめる。
　固く、無機質で、少しほこりっぽい匂いがした。

だけど溢れるような熱を感じた。
　思い込みかもしれないけど、佐久良くんの思いが込められているような気がする。
「……これ、を……私がもらってもいいんでしょうか」
　いざ受け取ったものの、不安になった。
　私の目の前の、やつれた佐久良くんのお母さん。
　この人がどれだけ佐久良くんを大切に思っていたか、愛していたか、よくわかる。
　それなのに、最後の絵という忘れ形見を私なんかが受け取ってもいいのだろうか。
　私に、そんな資格はあるのだろうか。
「……ぜひ、受け取ってください。それが……夏の願いだと思います……」
「……願い……」
　私はさらにギュッときつく絵を抱きしめた。
　……そして、一瞬でも迷った自分を恥じた。
　もし、佐久良くんが最後まで私を思ってくれていたなら。
　私を思って描いてくれていたなら。
　目をそらさずそれを受け取るのが、今の私がすべきことなのに。
　私の……願いなのに。
「はい。わかりました。……本当にありがとうございます」
　私の言葉に、佐久良くんのお母さんは深くうなずいてくれた。
「……あの、私のほうこそ……幸せでした。私、ずっと逃

げてばかりいたんです。そんな私を支えてくれて、そばにいてくれて……。私はどれだけ救われたか……」
「……」
「……それに、佐久良くんは……さ、最後に、とても大切なことを教えてくれました……。本当に大事なこと……生きるってことを……。だから私は……私は……」
　言葉に詰まる私に『松岡さん』と、佐久良くんのお母さんが優しく呼びかける。
「……どうか夏の分まで、生きてください。あなたの信じることを大切に」
「……っ！　はい……っ」
　佐久良くんのお母さんの目から涙が一筋だけ流れて、足元落ちた。
　……そして、佐久良くんのお母さんが帰ったあとの誰もいない部屋で、私はキャンバスの包みを開けた。
　佐久良くんが最後に描いていた絵。
　私にくれると約束していた絵。
　完成したら受け取ってと、笑いながら言っていた絵。
　夏の空の下、輝く海の近くで私を描いてくれていた絵。
　その絵が私の目の前に。
　それは、その絵は……。
「……あ」
　まだ色もろくについていない……。
　未完成の絵だった。
「……っ、佐久良……く……っ」

佐久良くんの絵。
　今まで未完成のものを見たことがなかった。
　中学の部活でも。
　突然の転校で学校を去るときでも。
　絵が完成してないことなんてなかった。
　何より佐久良くんが未完成のものを発表するのを嫌がったから。
　でも今、この絵は完成とはほど遠い。
　私の姿が描かれてはいるけれど、色もなく、表情もよくわからない。
　佐久良くんがこれからこの絵にどんな色を乗せ、どんな絵を完成させるつもりだったのか。
　まったくわからなかった。
　ただ、1つだけ。
　彼が最後まで、この絵の完成を諦めなかったことだけはわかる。
　病気に苦しむ体で、おそらく治療の副作用によって自由のきかない腕で……。
　それでも絵筆を離さなかったことだけは、乱れる筆の跡からも想像できた。
　でも、それでも、完成できなかった。
　諦めなくて、最後まで描き続けても終わらなかった。
　突然、本当に中途半端なところで、手を止めなくてはいけなかった。
　大好きな絵を、やめないといけなかった。

「……麻衣ちゃん、ちょっといい？」
　キャンバスを抱きしめる私の部屋に、あずささんが入ってきた。
　私を見て、眉をひそめる。
　すぐにそばまで来て、寄り添うように隣に腰を落とした。
「……麻衣ちゃん、どうしたの？　佐久良くんのお母さんに……何か言われた？」
「……ちが……おばさんは……ありがとって言ってくれた。佐久良くんの絵を……もらってほしいって……」
「……そう」
「でも……絵が……佐久良くんの絵が……完成してなかったの。佐久良くん、いつだって一度描いた絵はきちんと描き上げていたのに……。それが……できなかったの。途中で死んじゃったから……できなかったの。佐久良くん……絵を描くの、あんなに好きなのに……もう描けない……死んだから……もう描けないんだ……。佐久良くん……佐久良くんは……もう死んじゃったんだ。本当に本当に……もう……いないんだ……」
「……麻衣ちゃん」
　あずささんが私を抱きしめる。
「……泣いていいのよ、麻衣ちゃん」
「……っ、あずささん……でも……」
「好きな人、大切な人を亡くしたときは泣いていいの。悲しんでいいのよ。麻衣ちゃんが佐久良くんを思って泣いた分だけ、佐久良くんが生きていた時間に意味が出るの。麻

衣ちゃんがそれくらい佐久良くんのことが好きだった。自分をそれほど好きだった人がいる。それは、佐久良くんの何よりの生きた証よ」
「……あずささん……」
「それでね、たくさん泣いたら、麻衣ちゃんは生きようね。生きて、佐久良くんのこと、ときどき思い出しながら生きていこうね。それはきっと一緒に生きるってことだから」
「……一緒……に……」
　その言葉に、一気に目から涙が溢れ出す。
「……う……あああっ、うわあああああっ……ああああああああんっ……！」
　私は声を上げて泣いた。
　佐久良くんの絵を抱えて。
　そして、あずささんの胸の中で泣いた。
　泣いて、泣いて、泣いて。
　その分だけ私の中に佐久良くんが刻まれていく。
　私は佐久良くんと生きていく。
　佐久良くんの思い出と生きていく。
　佐久良くんがくれた未完成な夏を忘れない。
　私はそれを抱えて、生きていくんだ。

晩夏の誓い

　佐久良くんのお母さんが来た日から数日後。
　本当に久しぶりに私は外に出た。
　寝たきり生活で体がなまってしまったので、リハビリ代わりの散歩みたいなものだ。
　相変わらずの、嫌になるほどの暑さ……かと思いきや、それはいくらか落ちついてきているように感じた。
　蝉の声も、ずいぶん静かになっている。
　そういえば、8月ももう後半。
　いつまでも続くように思えた夏も、終わりを迎えようとしているのだ。
　当たり前だけど、永遠に変わらない季節はない。
　ずっと夏休みでは、いられないのだ。
　……いつの間にか、鳴かなくなった蝉たち。
　蝉は何年も地中で過ごし、いざ夏空の下を自由に飛び回れるようになっても、その天下はほんの1、2週間と聞いたことがある。
　彼らにとって、そのわずかなきらめきはどんなものだったのだろう。
　たとえ短くても幸せだっただろうか。満足いくものだっただろうか。……生きていてよかった、と最後に思えたのだろうか。
　私には知るよしもない。

でも……。
「……麻衣ちゃん、暑くない？　大丈夫？」
　すっかり儚くなった蝉の声に思いを馳せていた私に、隣を歩いていたあずささんが声をかける。そして私に、自分の差している日傘をそっと傾けてくれた。
　１人で大丈夫、と何度も言ったのに。
　暑いから、病み上がりで心配だからと、あずささんは頑固についてきた。
　きっと、今までの私ならそんなあずささんに苛立ち、辛辣な言葉を投げかけていたのだろう。
　だけど今はそんな気持ちは起こらない。
　日傘の下、穏やかに微笑むあずささん。
　その笑顔は私へと真っ直ぐに向けられている。
　私は、ようやくわかった。
　本当に苛立っていたのは何に対してか。
　お父さんの転勤や再婚。ましてや、あずささんに対してではない。
　私が嫌だったのは、イライラしていたのは、自分自身に対してだ。
　ずっと怖かった。
　まわりの変化が、そして変われない自分が。取り残されてしまっている現実が。
　怖かったから逃げ出した。全部、まわりのせいにして。
　それが楽だったから。
　そして、その変化の原因であるあずささんや、転校先の

みんなを恨むのが一番簡単だったから。
　自分の弱さをすり替えて、責任転嫁して、結局逃げ続けていたんだ。
　きっと、みんなそのことに気づいていた。お父さんも、おじいちゃんも、あずささんも。そして……佐久良くんも。
　どんな気持ちで見守ってくれていたんだろう。
「……麻衣ちゃん」
　あずささんの差し出した日傘は、私を夏の日差しから守ってくれている。
　でもなんだか申し訳なくて、私は一歩あとずさった。
「大丈夫だよ、あずささん。私、帽子かぶってるし」
　そう言うと、あずささんはちょっと寂しそうに眉尻を下げた。
「……だけど、ありがとう、あずささん」
「麻衣ちゃん……」
「……あの、ね。今から海に行きたいんだけど、付き合ってくれる？」
「体調は大丈夫なの？」
「平気。本当、もう治ってるから」
「……なら、わかったわ」
　あずささんの顔に、また穏やかな微笑みが戻った。

　海を訪れたのは、久しぶりだ。
　最後に来たのは、あの真夜中。
　シジミに導かれ、もう死んでしまおうと、真っ暗の海に

入っていったとき。
　今、太陽を反射しながら水平線を輝かせる海は穏やかで、あのすべてをのみ込もうとしているようにさえ思えた暗闇とは別物のようだ。
　それでも打ち寄せる波を見ていると、体が小さく震えた。
「麻衣ちゃん、大丈夫？」
　あのときのことを思い出したのか、あずささんが心配そうに目を細める。
「うん。もうちょっと海の近くに行きたいんだけど……」
「気をつけてね」
　波打ち際まで歩いていく私のあとを、あずささんはやっぱりついてきた。
　細かい砂に足を取られそうになりながら、それでも一生懸命に歩いている。
　その様子を見ていると、なぜか自然に笑みがこぼれた。
　決してバカにしているわけでなく、あずささんのそんなところをかわいいと思ったのだ。
　私より、ずっと年上の人なのに。
「……砂浜って、思っていたよりも歩きにくいわね」
「そうだね。本当なら裸足のほうがいいかも。でも、砂は熱いし、貝とかで切ったりもするから」
「それは痛そうね。やっぱりこのままでいいわ」
「……ふふっ」
　あずささんがあまりに真面目な顔で言うので、また笑ってしまった。

すると、あずささんもうれしそうに顔をほころばせる。
「……ここはいいところね」
　水平線の彼方を見るような眼差しで、あずささんがつぶやいた。
「私は生まれも育ちも東京の街中で……海を見る機会なんて、あまりなかったのよ。だから、この町は新鮮で、なんだか眩しくさえあるわ」
「そう？」
「そうよ。だってね、ここって、すごく夏を感じない？」
「夏……」
「海があるからかしら。でも、それだけじゃない気もするわ。日差しが強くて、蝉がずっと鳴いていて、照り返しの陽炎からも夏の匂いがして……嫌になるほど暑いのに、それが嫌じゃないの。きっと、夏の力強さを感じるからね」
「……」
　私はあらためて、目の前の海をしっかり眺めた。
　キラキラ輝くブルー。それはどこまでも澄んだ色だった。
　海の青は、空の青を映していると聞いたことがある。
　本当かどうかはわからないけれど、水平線に区切られた空も、やはり海と同じように澄んでいた。
　目が覚めるような、透明だけれど深い青。
　佐久良くんがよく描いてた絵の色。きっと最後のときまで描こうとしていたあの色。私の好きだった、初恋の色。
　……そうか。
　それは、きっと夏の色だったのだ。

佐久良くんが青をよく描いていた気持ちが、今だからわかる気がした。
　彼が本当に惹かれていたのは、夏の青だったのかもしれない。
　夏の太陽も、空も、海も、蟬の声すらも。
　みんな力強さを秘めている。命の強さを持っている。
　佐久良くんが描きたかったのは、そういうものだったのだろう……。
　そう考えると、彼が私に最後に贈ってくれようとしたのも……。
「……佐久良くん。ありがとう」
　誰にも聞こえないくらい、小さな声でささやく。
　すると、波の音が返事をするかのようにザザン……と響いた。
　私は、ずっと逃げていた。
　自分の弱さをまわりのせいだとすり替えて。みんなに当たることで逃げ続けていた。
　佐久良くんは、そんな私を守ると、支えると言ってくれていた。
　幸せだった。
　でも、本当はいつの日か、私に自分で立ってほしかったのかもしれない。
　自分の力で、自分の弱さや過ちに気づくことを願っていたのかもしれない。
　だから、私に絵を贈ると言ってくれたのだ。

最後の最後まで、その絵を描き続けてくれていたのだ。
　透明で、とても力強い夏の青を。
　彼にとっては、言葉より何より絵が雄弁な手段だから。
「……」
「……麻衣ちゃん、どうしたの？」
「え？　何が？」
「その、今、泣きそうな顔だったから……」
「……そっか。うん、でも大丈夫。ちょっとね、大切なことに気づいたっていうか……」
「……？」
「ねえ、あずささん」
　不思議そうな顔をしているあずささんに目を向ける。
　真っ直ぐに。
　あずささんをこんなに正面から見るのは、初めてかもしれない。
　また、波の音が耳に響いた。
　まるで応援してくれているように。
「あずささん、今まで……ごめんなさい」
「っ、麻衣ちゃん……」
「私、ずっと嫌な態度ばかりだったね。ひどいことも何度も言ってきた。あずささんが悪いわけじゃないのに」
「……」
「恐かったんだ。家族の形が変わるのが。お父さんを……ううん、思い出の中のお父さんとお母さんを、あずささんに取られてしまうのが……」

それはあまりに子どもっぽくて、勝手な思いだった。
　変わらないものなんて、ないのに。
　変わらないといけないことだってあるのに。
　私は自分だけでなく、お父さんにまでいつまでも思い出に浸って生きていてほしいと望んでいたんだ。
　お母さんはもう戻ってこないのに。
　それじゃあ、誰も前に進めないし幸せにもなれないのに。
「でも……今ならわかるよ。私が間違っていた。あずささん、本当にごめんなさい」
「いいのよ。私もね、急ぎすぎていたの。早く家族の一員になりたくて、麻衣ちゃんの心をこじ開けるようなことをして……ごめんなさいね」
「あずささん。その……これからもお父さんのこと、よろしくお願いします」
「……麻衣ちゃん」
　あずささんが目を見開く。
　驚いたようなその瞳に、私と夏のブルーが鮮やかに映し出されている。
「ええ。こちらこそ。それに……」
　あずささんは日傘を持っていないほうの手で、私の手に触れた。
「……麻衣ちゃんも、よろしくね」
「……うん」
　私の返事はとてもとても小さいものだった。
　のどが詰まって、うまく声が出せなかったのだ。

おそらくあずささんの耳にも、きちんと届かなかったかもしれない。
　でも、あずささんは優しく笑ってくれた。
　私たちは終わりかけた夏の空の下で、初めて本当にわかり合えた気がした。
「……さあ、麻衣ちゃん。ずいぶん暑いし、もうそろそろ戻らない？」
「う……ん。でも、あとちょっとだけダメ？」
　久しぶりに海を見て、ひどく名残惜しい気分だった。
「うーん……。じゃあ、何か冷たいものでも飲みましょう。汗かいたでしょう」
「それならラムネがいいな。この近くのお店で売っているみたいなんだ」
　まだこの町に来て間もないころ、佐久良くんが買ってくれて２人で一緒に飲んだ。
　儚い味の、夏休みの飲み物。
「あら、いいわね。懐かしいわ」
　あずささんも賛成してくれて、すぐに買ってきてくれた。
　私たちは、かつての佐久良くんと私みたいに並んで砂浜に座り、ラムネを飲んだ。
　やっぱり淡く、儚い味がした。
　私はラムネでのどを潤しながら、あずささんにいろいろと話した。
　この町で会ったこと。友達になった年老い猫のこと。
　そして短い恋のこと。本当に好きだった彼のこと。

話しているうちに何度も泣きそうになったけれど、あずささんは余計な口は挟まず、ただ寄り添って聞いてくれていた。
　やがてラムネがなくなるころには、私の話はこの夏の思い出から、これから先の話になっていた。
「……それでね、手紙をくれたの。私のことを知りたいって……だから、学校に来て、また話をしようって」
「そう……。いい子なのね」
「うん。仲良くなれたらいいなあ。……そのためには、私がもっとちゃんとまわりを見ないといけないね」
「麻衣ちゃん……」
　空っぽのラムネ瓶を砂浜に突き立てると、カランと中のビー玉が音を立てた。
「ちゃんと向き合わないと相手のことはわからないし、相手にも私をわかってもらえない。……当たり前のことなんだよね……」
　でも最近の私は、そんなこともわかっていなかった。
　とつとつと話し続ける私を優しく見守るあずささん。
　あずささんに対しても、同じ。
　ただただ、お父さんの再婚相手というだけで目の敵にして、あずささん自身をきちんと見ようとしていなかった。
「……私、もう少ししたら大阪に帰る。学校の準備もあるし、夏休みの宿題、ちっともできてないんだもん」
「そう。なら、私も一緒に帰るわね。そうだ、宿題手伝いましょうか。高校の勉強はあまり自信がないけど、こう見

えて、私、英語は得意なのよ」
「なに言ってるのー。それじゃ、私の宿題にならないじゃない。自分のことは自分でやらないと」
「そ、そうね。麻衣ちゃんが正しいわね」
　私に圧倒されるようにうなずくあずささんに、私はまた小さく笑う。
「あずささん、私にあまり気をつかわないで。私が間違っているときはきちんと叱って。……そうしてほしい。私は弱いし、すぐ逃げちゃうから。そんなときはきつく怒ってほしい」
　だって、きっとそれが家族だから……。
　それは口に出さず心の中でつぶやいた。
　でもあずささんは、まるできちんと聞こえたかのように、とても真面目な顔をしてうなずいてくれた。
　それで、不思議と何かが通じ合った気がした。
「……さあ、そろそろ本当に帰りましょう？　おじいさんも心配するわよ」
「うん、そうだね。じゃあ、ラムネの瓶はさっきのお店に返して……と」
「私はこれ、もらおうかしら」
　あずささんが瓶をかかげながら、ぽつりとつぶやく。
「えー。ただの空っぽの瓶だよ」
「そうだけど……とてもきれいじゃない。最近、あまりガラスのラムネ瓶って見ないし。だいたいプラスチックでしょう？　……ほら、見て」

手招きをして、私にラムネ瓶を覗かせるあずささん。
　言われるままに瓶越しに海を見ると、その瓶に、中のビー玉に、海の光がキラキラ反射して輝いていた。
「まるで、海を閉じ込めているみたいね」
　子どものようにはしゃいだ声で言うあずささんに、私は素直にうなずく。
「……うん。すごくきれい」
「なら、やっぱり私は持って帰りましょう」
　あずささんは、ラムネ瓶を持っていた手提げにしまった。
「夏の思い出よ」
「……そっか。そうだね……。なら私も……」
　私の胸元で、握りしめたラムネ瓶がカランと鳴る。
　そこに、海とこの夏を閉じ込めて歩き出す。
　そんなふうに思えた。

この世界

　8月の終わり。
　私は大阪に帰ることになった。
　あずささんと2人。
　「くろしお」で天王寺へと向かう。
　駅にはおじいちゃんが見送りに来てくれた。
「……麻衣ちゃん、ほいだら、また遊びに来てや」
「うん。また絶対に来るね」
「……あずささんと、うまくやるんやで」
　おじいちゃんは声をひそめ、私にだけ聞こえるようにそう言った。
「あんな、これは秘密にしてくれって言われてたことやけど……お父さん言ってたで。麻衣子は家事ばかりして、普通の女の子みたいに遊べていない。それじゃあ、あまりに可哀想だ。今度、高校生になるときには、あの子をもう少し家事から解放してやりたい。普通の女の子みたいに、友達とたくさん遊んでほしいって。だからな、つまり、再婚は麻衣ちゃんのためでもあったんやで。もちろん、あずささんのことを愛しているんもホンマやろうけど」
「……お父さん……。でもさ、そんなこと言って、私が新しいお母さんとうまくやれなくなる可能性を考えなかったのかな」
　素直になれずそう憎まれ口を叩くと、おじいちゃんが

笑った。
「あほやな、麻衣ちゃん。あんたのお父さんが、そんな女の人を再婚相手に選ぶかいな」
　そう言って……。

　くろしおの車内。
　あずささんと２人で並んで席に座る。
　走り出した列車の窓からは、海が見えてきた。
「……海、きれい」
　光る水平線を眺めながらつぶやくと、あずささんが『そうね』と律儀にうなずく。
　ほとんどひとり言みたいなものだから無視してもいいのに、本当に真面目で……優しい人だ。
「私……また絵を描こうかな」
「え、麻衣ちゃん……」
　あずささんが目を丸くした。
　茶色の瞳に窓越しの海と、私が映っている。
「……あのね。じつは、手紙をくれたクラスの子に連絡してみたの」
　昨日、田中さんにメッセージをした。
　しようしようと思っていても、なかなか勇気が出なくて、ようやくのことだった。
　まずは謝って、それからこれまでの気持ちを正直に書いていった。
　うまくなじめずにいたのを、方言やまわりのせいにして

逃げ続けていたことを。
　そして……田中さんと話して楽しかったこと。
　もっと仲よくなりたいと思っていること。
　一緒に美術部にも行きたい。
　そんな私の中の正直な気持ちを。
　田中さんからはすぐに返事が来た。
　夏休みが終わったら、今度こそ一緒に美術部に行こう。
　そう言ってくれた。
　携帯へのメッセージだから、そのときの田中さんの表情はわからない。
　もしかしたら気をつかって、社交辞令で言ってくれたのかもしれない。
　美術部に行っても、思うようにうまくいかないかもしれない。
　不安なことはたくさんある。
　それでも、田中さんときちんと向き合いたいと思った。
　逃げ続けた私に手紙をくれた田中さん。
　そんな彼女の優しさに応えたい。
　本当に、仲良くなりたい。
　心からそう思った。

　私は変わりたい。
　これからも生きていくんだから。
　それに、佐久良くんが完成させられなかった最後の絵。
　これから私が絵を描き続けていたら、あの絵に近づける

気がする。
　彼がキャンバス越しに見ていたもの。
　それが見える気がする。
　放課後の美術室を思い出す。
　あんなふうに２人並んで絵を描くことは、もう叶わないけれど、私はこれからも絵を描き続けたい。
　そうすれば佐久良くんを感じることができる。
　それが彼を忘れずに生きていくことになる。
　きっと……。

「……麻衣ちゃん」
　私が話し終えると、あずささんは少し切なげに微笑んだ。
「大丈夫。うまくいくわよ。お友達のことも、美術部のことも……。だって、麻衣ちゃんはとてもいい子だもの」
「あ、あずささん……」
　私はちょっぴり呆れた声を出す。
「ま、前から思っていたけど……あずささんちょっといい人すぎない？　私が、どれくらいあずささんに失礼な態度だったか、自分が一番よくわかっているよ。それなのに、いつもそうやって私を許して……」
「あら。麻衣ちゃんはいい子よ。麻衣ちゃんは自分のしていたことを謝ってくれたじゃない。自分がすごくつらいときでも、そうやって心の中では私たちのことよく見ていてくれたってことでしょう」
「……」

「それにね。私のことを認められなかったのは、それだけ優一さんや、麻衣ちゃんのお母さんのことを大切にしているってことだもの。その気持ちは間違っていないし、私もよくわかるつもりよ。だって……」

あずささんは一瞬言葉に詰まり、かすかにうつむいた。
「……あのね、私には生まれてすぐに死んだ娘がいたのよ。生きていたら、麻衣ちゃんと同じ年くらいね」
「……」
「もちろん、麻衣ちゃんと娘を重ねているわけじゃないわ。娘は娘。麻衣ちゃんは麻衣ちゃん。でもね、私、またこうして娘ができるなんて思わなかったの。とても幸せよ。麻衣ちゃんが私を受け入れられなくても、私は麻衣ちゃんのこと、とてもかわいい。大好きよ」
「……あずささん」

微笑むあずささんの瞳は、とても優しい。
そして同時にとても強い。
それは、悲しみを越えた強さに思えた。
『ときどき思い出しながら生きようねって。それはきっと一緒に生きるってことだから』
あのとき、あずささんはどんな思いでそう言ったのだろうか。
「……私……。今年のお盆はお墓参りできなかったな」
「そ、そうね。麻衣ちゃんそのころ、熱で寝ていたものね。残念だけど仕方ないわよ」
「今度行こうかな。お母さんのお墓参り」

「うん、いいと思うわよ。麻衣ちゃんのお母さん喜ぶわ」
「……うん。あの、ねえ、一緒に行く？ その……"お母さん"も」
「……え？」
「だから、その、お母さんもお墓参り一緒に行こう？」
「麻衣ちゃん……」

　あずささん……お母さんの目にじわりと涙が浮かんだ。

　でもお母さんはそれを慌ててぬぐって、すぐににっこりと笑う。

「そうね、私も一緒に行きたいわ。いいかしら」
「……私から誘ったんだから、いいに決まってるじゃん」
「それもそうね。ふふ……」

　私とお母さんは顔を見合わせて笑う。

　電車の車内に、ささやかな笑い声が響いた。

　ゆっくりと電車は大阪へと戻る。

　私の家へと。

　これから私が生きていく街へと。

　これからもきっといろいろなことがあるだろう。

　つらいことも悲しいこともあるだろう。

　また、生きていくのがつらいこともあるだろう。

　それでも私はこの世界で生きていくことを選んだ。

　窓からは海が見える。

　青く、どこまでも続くような広い海。

　ちっぽけな私が生きていく世界は、こんなにも広くて大きい。

ここには、死にたいと嘆く人がいて、生きたいともがく人がいて、ちっとも平等じゃない運命があって。そんな中を、私は生きていく。
　あなたが生きようと必死に闘った世界だから、あなたの思い出を抱えて、あなたと一緒に生きていく。
　ずっと、ずっと……。
「……そうだよね、佐久良くん……」
　小さくつぶやいた言葉。
　誰にも聞こえないくらいのささやき。
　それに応えるかのように、窓越しの海が、きらりと、一瞬光った。

彼方(かなた)の海

【side 夏】

　海。
　海を見ている。

　キャンバスに描かれた海。
　青の絵の具に、いくつもの色をまぜて描く海。
　俺の記憶の中。
　今も鮮やかに残る海。
　それを、今では海なんて見えない白い病室で必死にキャンバスへと表現していく。
　色を重ねて、何度も塗り潰して、白いキャンバスを海に染めていく。
　……いや、染めていくはずだった。
「……はあ」
　大きく息を吐き、膝をつく。
　胸が苦しくなったので、何度か大きく呼吸をして精いっぱい落ちつけた。
「……ふう、はあ。やっぱり……つらいな」
　あの海の町から戻ってきて、治療を再開して、体はすぐにその影響を受けた。
　病気の苦しさに加え、副作用のつらさ。
　今まで忘れかけていた苦しさがまた戻ってくる。

ときどき、立ち上がるのすら難しい日もあるくらいだ。
「……でも、負けられない」
　キャンバスの中心に描かれた松岡さんの姿を見つめる。
　そして、そっと触れた。
　……松岡さんは今どうしているだろうか。
　きっと、信じて待ってくれている。
　俺のことを、あの海辺の町で。
　だから、俺は負けるわけにいかない。
　絶対に病に勝って、彼女のところに帰らないと。

　海辺の町。
　潮風になびく松岡さんの髪。
　はにかむような笑顔。
　重ねた唇の感覚。
　すべてが鮮やかに思い出される。
　そんな彼女のそばにいるため、俺はあの町から帰ってきたのだから。

「……っ！」
　ハッと我に返ると、白い天井。
　俺はベッドに横たわっていた。
「……夏！　大丈夫？」
　母さんがベッドサイドから、ホッとしたようにこっちを見ていた。
　俺の腕には点滴の管が増えている。

どうやら、病室で倒れてしまったようだ。
「……はあ」
　まだ頭がクラクラする。
　立ち上がるのは難しいだろうか。
　それでも俺はグッと力を込めて、体を起こした。
「な、夏！　起き上がって大丈夫なの!?」
　母さんが慌てて俺をベッドに戻そうとする。
　でもそれをやんわりと振り払って、俺はキャンバスへと向かった。
「夏！　やめなさい！　倒れたばかりなんだから、今はゆっくり休みなさい」
「大丈夫だよ。それより早く絵を完成させたいんだ」
「そんな……もうちょっと体調のいいときに描けばいいじゃない」
「でも、そんなときはもうないかも……っ！」
　自分で言った言葉にドキリとする。
　俺は、今、何を……。
「……夏」
　母さんの顔が不安そうにゆがんだ。
「……ごめん。なんでもないんだ。その……本当に大丈夫だから、絵を描かせてよ」
「……わかったわ」
　母さんが、しぶしぶ俺から離れていく。
　お礼を言うと、キャンバスの前に立った。
　筆を持つと、その手が震えているのがわかった。

……俺、は……。
　病気を治して、松岡さんのところに戻る。
　その決意に嘘はない。
　だけど、その思いに反するように体の自由が効かなくなっているのも感じる。
　一昨日より昨日。昨日より今日。
　体がうまく動かせなくなっていく。
　……もし、このまま。
　このまま、完全に体が動かなくなってしまったら。
　もう二度と、松岡さんのところに戻れなくなったら。
「……っ」
　本当はずっと胸の奥底でくすぶっていた不安。
　それが日に日に色濃くなり、実感を伴っていく。
　負けたくない。
　でも、自分の体は自分がよくわかる。
　自分の終わりが見えてくる気がする。

　不思議なことに恐怖がないわけではないけれど、どこか冷静だった。
　病気とは昔からの付き合いだったからだろうか。
　でも、俺を待つ彼女のこと。
　松岡さんのことを考えると、胸が苦しくなる。
　このまま約束を守れずに、あんな不安定な彼女を１人にしてしまうなんて。
　そのことが何よりも怖かった。

いつの間にか俺は自分が死ぬことよりも、松岡さんを傷つけることに恐怖を感じていたのかもしれない。
　中学のころの淡い初恋は、いつの間にかここまで俺の中で大きくなっていたのだ。
　それほどこの夏は……松岡さんと気持ちを通じ合わせた夏は、俺にとってかけがえのないものだった。
　松岡さんは俺に、きっと一生ものの夏をくれた。
　短いけれど、生涯に一度の夏を。

「……だったら、やっぱり返したい」
　もし、俺自身が彼女の元に戻れなくても。
　それでも彼女のために何かをしたい。
　彼女が俺にくれた夏。
　それに負けないほどの思いを込めた夏を。
　君にあげたい。
　それがたとえ……。
　俺の最後の贈り物になってしまったとしても。

エピローグ

　ある秋の日。
「麻衣ちゃーん、起きてるー？　早く朝ごはん食べなさい。遅刻するわよ」
　階下から私を呼ぶ、お母さんの声。
　私は「はーい」と返事をして、階段を駆け下りる。
　すぐにお味噌汁のいい匂いがしてきた。
　お父さんと２人のときは、私がトーストの朝食を用意していた。
　でも、和食が得意なお母さんは、よくごはんとお味噌汁の朝ごはんを作る。
　そのことに、今ではすっかり慣れていた。
　カレンダーは10月になったばかり。
　あの夏の日々が、暑さが薄れるとともに、少しずつ淡く優しい思い出に変わっていた。
「……はい、麻衣ちゃん。お味噌汁熱いから気をつけてね」
「……ん。大丈夫、おいしい」
「そう、よかった。……あ、そうだ、麻衣ちゃん。今日、お父さんのお仕事早く終わるんですって。それで、たまには外食しようかって言ってるんだけど、どうかしら？」
「……あー。ごめん。今日は部活で遅くなる。もうすぐ文化祭だから」
　そう私が答えると、お母さんは嫌な顔１つせず柔らかく

微笑む。
「部活って……文化祭に飾る絵を描いてるの？」
「そうだよ。あと1週間で完成させないといけなくて大変なんだから」
「どんな絵？　文化祭に行ったら見られる？」
「えー……やめてよ、恥ずかしい」
　ぷるぷる頭を振る私に、お母さんがクスクスと笑う。
「……まあ、見に来るくらいならいいけどね」
「ありがとう、麻衣ちゃん。楽しみにしてるわね」
「……ん。ごちそうさま。そろそろ行くね、アキと一緒に行く約束してるから」
「はい。行ってらっしゃい」
　お母さんに見送られ、私は家を出た。
　スマホを見ると、アキからメッセージが入っている。
【おはよー。待ち合わせ場所にもうついたよ】って。
　早いな、アキったら。
　私も急がないと。
　アキに『今、向かってる』と返信を送った。
　猫がダッシュしているかわいいスタンプと一緒に。
　するとすぐにスタンプが返ってくる。
『いそげー』と、うさぎがジャンプしながら私を急かしてきた。
「……ふふっ」
　もちろん、アキが本気で私を急かしているわけでないのはわかっている。

でも、こういう軽いやりとりがとても楽しい。
　こんなふうに学校のクラスメイト……いや、友達と軽口を言い合えるようになるなんて思わなかった。
　自然に笑い合えるようになるとも。

　……これは時の流れのおかげなのだろうか。
　それとも、私は少しは変われているのかな。
　……ずいぶん暑さの和らいだ空の下を私は歩く。
　季節はうつろう。時は止まることなく流れる。
　笑っていても、泣いていても、自分では立ち止まっているつもりでも。
　私は前に進んでいる。時の流れとともに。
　この歩みは、ずっと止まらない。
　生きている限り、ずっと。
　それならば、せめて……。
　少しでも、自分らしく進みたい。
「……頑張るね、佐久良くん」
　そう、ひそかにつぶやく。
　潮の香りが、どこからかやってきた気がする。
　空は秋晴れ。
　暑い季節の終焉(しゅうえん)に、胸が苦しくなる寂しさ。
　それと、背筋が伸びるような清々(すがすが)しさを感じていた。
　ああ……あれは、一生忘れられない夏だった。

End.

あとがき

　はじめまして、こんにちは。
　清水きりと申します。
　このたびは、『僕は君に夏をあげたかった。』をお手に取ってくださり、本当にありがとうございます。

　タイトルにもありますように、これは夏のお話です。
　私は暑いのが苦手なくせに、夏の持つ雰囲気やイメージは大好きで、いつか夏を舞台にした切ない話を書いてみたいな……と思ったところから、この話は生まれました。

　それがこうして、まさに夏に１冊の本にしていただけるなんて……書きはじめたときは思いもしませんでした。
　本当に光栄で幸せな気持ちでいっぱいです。

　苦しいシーンや悲しいエピソードも多いお話になりましたが、それでも一番書きたかったのは、たぶん、主人公の成長と未来への希望だと思います。
　小説の中に出した『死にたいと嘆く人がいて、生きたいともがく人がいて、ちっとも平等じゃない運命があって』というのは、私がよく考えることです。
　この世界はちっとも平等じゃない。
　頑張っても、うまくいかないことなんてたくさんある。

いつか、生きていくことに疲れてしまうこともあるかもしれない。
　それでもいつも思うのは、どんなときだって絶対に救いがないわけでなく、生きていればきっと希望を見つけることもできる。
　これは、麻衣子がその希望に気づくまでお話です。
　ひと夏の短い恋の成就と、悲しい別れを経験した彼女が、それをきっかけに気づいた希望……。
　そんな彼女の希望が、あなたの力に少しでもなれたら、とても幸せです。

　最後になりましたが、この本の出版にあたりご尽力くださったみなさまに心から感謝申し上げます。
　不馴れな私に優しくいろいろ教えてくださった担当の本間さま、編集の酒井さま。素敵なカバーイラストを描いてくださった望月夢乃さま。本当にありがとうございます。
　そして、この物語を読んでくださったあなたにも、心からお礼申し上げます。
あなたの夏が、その先の季節が、ずっとずっと素敵なものでありますように。

2018.7.25　清水きり

この物語はフィクションです。
実在の人物、団体等とは一切関係がありません。

♥

清水きり先生への
ファンレターのあて先

〒104-0031
東京都中央区京橋1-3-1
八重洲口大栄ビル7F

スターツ出版(株)書籍編集部 気付
清水きり先生

僕は君に夏をあげたかった。

2018年7月25日　初版第1刷発行

著　者	清水きり
	©Kiri Shimizu 2018
発 行 人	松島滋
デザイン	カバー　平林亜紀（micro fish）
	フォーマット　黒門ビリー&フラミンゴスタジオ
D T P	朝日メディアインターナショナル株式会社
編　集	本間理央　酒井久美子
発 行 所	スターツ出版株式会社
	〒104-0031 東京都中央区京橋1-3-1　八重洲口大栄ビル7F
	TEL 販売部03-6202-0386（ご注文等に関するお問い合わせ）
	http://starts-pub.jp/
印 刷 所	共同印刷株式会社

Printed in Japan

乱丁・落丁などの不良品はお取替えいたします。上記販売部までお問い合わせください。
本書を無断で複写することは、著作権法により禁じられています。
定価はカバーに記載されています。

ISBN 978-4-8137-0496-6　C0193

ケータイ小説文庫　2018年7月発売

『俺が愛してやるよ。』SEA・著

複雑な家庭環境や学校での嫌がらせ…。家にも学校にも居場所がない高2の結実は、街をさまよっているところを暴走族の少年・統牙に助けられ、2人は一緒に暮らしはじめる。やがて2人は付き合いはじめ、ラブラブな毎日を過ごすはずが、統牙と敵対するチームに結実も狙われるようになり…。
ISBN978-4-8137-0495-9
定価:本体 570円+税

ピンクレーベル

『みんなには、内緒だよ?』嶺央・著

高校生のなごみは、大人気モデルの七瀬の大ファン。そんな彼が、同じクラスに転校してきた。ある日、見た目も性格も抜群な彼の、無気力でワガママな本性を知ってしまう。さらに、七瀬に「言うことを聞け」とドキドキな命令をされてしまい…。第2回野いちご大賞りぼん賞受賞作！
ISBN978-4-8137-0494-2
定価:本体 590円+税

ピンクレーベル

『あのとき離した手を、また繋いで。』晴虹・著

転校先で美人な見た目から、孤立していたモナ。両親の離婚も重なり、心を閉ざしていた。そんなモナに毎日話しかけてきたのは、クラスでも人気者の夏希。お互いを知る内に惹かれ合い、付き合うことに。しかし、夏希には彼に想いをよせる、病気をかかえた幼なじみがいて…。
ISBN978-4-8137-0497-3
定価:本体 570円+税

ブルーレーベル

『僕は君に夏をあげたかった。』清水きり・著

家にも学校にも居場所がない麻衣子は、16歳の夏の間だけ、海辺にある祖父の家で暮らすことに。そこで再会したのは、初恋の相手・夏だった。2人は想いを通じ合わせるけれど、病と闘う夏に残された時間はわずかで…。大切な人との再会と別れを経験し、成長していく主人公を描いた純愛ストーリー。
ISBN978-4-8137-0496-6
定価:本体 560円+税

ブルーレーベル

ケータイ小説文庫　好評の既刊

『新装版 桜涙』 和泉あや・著

小春、陸斗、奏一郎は、同じ高校に通う幼なじみ。ところが、小春に重い病気が見つかったことから、陸斗のトラウマや奏一郎の家庭事情など次々と問題が表面化していく。そして、それぞれに生まれた恋心が3人の関係を変えていき…。大号泣至上の純愛ストーリーが新装版で登場！

ISBN978-4-8137-0479-9
定価:本体590円+税

ブルーレーベル

『ごめんね、キミが好きです。』 岩長咲耶・著

幼い頃の事故で左目の視力を失った翠。高校入学の春に角膜移植をうけているものの、ある少年が泣いている姿を夢で見るようになる。ある日学校へ行くと、その少年が同級生として現れた。じつは、翠がもらった角膜は、事故で亡くなった彼の兄のものだとわかり、気になりはじめるが…。

ISBN978-4-8137-0480-5
定価:本体570円+税

ブルーレーベル

『新装版 太陽みたいなキミ』 永瑠・著

楽しく高校生活を送っていた麗紀。ある日病気が発覚して余命半年と宣告されてしまう。生きる意味見失った麗紀に光をくれたのは、同じクラスの和也だった。だけど、麗紀は和也や友達を傷つけないために、病気のことを隠したまま、突き放してしまい…。大号泣の感動作が、新装版で登場！

ISBN978-4-8137-0461-4
定価:本体590円+税

ブルーレーベル

『きみと、春が降るこの場所で』 桃風紫苑・著

高校生の朔はある日、病院から抜け出してきた少女・詞織と出会う。放っておけない雰囲気をまとった詞織に「友達になって」とお願いされ、一緒に時間を過ごす朔。儚くも強い詞織を好きになるけれど、詞織は重病に侵されていた。やがて惹かれ合うふたりに、お別れの日は近づいて…。

ISBN978-4-8137-0460-7
定価:本体530円+税

ブルーレーベル

ケータイ小説文庫　好評の既刊

『瞳をとじれば、いつも君がそばにいた。』白いゆき・著

高1の未央は、姉・唯を好きな颯太に片思い中。やがて、未央は転校生の仁と距離を縮めていくが、何かと邪魔をしてくる唯。そして、不仲な両親。すべてが嫌になった未央は家を出る。その後、唯と仁の秘密を知り…。さまざまな困難を乗り越えていく主人公を描いた、残酷で切ない青春ラブストーリー。

ISBN978-4-8137-0443-0
定価：本体 590円＋税

ブルーレーベル

『この空の彼方にいるきみへ、永遠の恋を捧ぐ。』涙鳴・著

高1の美羽は、母の死後、父の暴力に耐えながら生きていた。父と温かい家族に戻りたいと願うが、「必要ない」と言われてしまう。絶望の淵にいた美羽を救うかのように現れたのは、高3の棗（なつめ）。居場所を失った美羽を家に置き、優しく接する棗だが、彼に残された時間は短くて…。感動のラストに涙！

ISBN978-4-8137-0442-3
定価：本体 580円＋税

ブルーレーベル

『君の消えた青空にも、いつかきっと銀の雨。』岩長咲耶・著

奏の高校には『雨の日に相合傘で校門を通ったふたりは結ばれる』というジンクスがある。クラスメイトの凱斗にずっと片想いしていた奏は、凱斗に相合傘に誘われることを夢見ていた。だが、ある女生徒の自殺の後、凱斗から「お前とは付き合えない」と告げられる。凱斗は辛い秘密を抱えていて…？

ISBN978-4-8137-0425-6
定価：本体 560円＋税

ブルーレーベル

『夏色の約束。』逢優・著

幼なじみの碧に片想いをしている菜摘。思い切って告白するが、碧の心臓病を理由にふられてしまう。菜摘はそれでも碧をあきらめられず、つきあうことになった。束の間の幸せを感じるふたりだが、ある日碧が倒れてしまって…。命の大切さ、切なさに涙が止まらない、感動作！

ISBN978-4-8137-0426-3
定価：本体 560円＋税

ブルーレーベル

ケータイ小説文庫 2018年8月発売

『溺愛ビターシュガー(仮)』みゅーな**・著

高2の千湖は、旧校舎で偶然会ったイケメン・尊くんに一目惚れ。実は同じクラスだった彼は普段イジワルばかりしてくるのに、2人きりになると甘々に豹変！ 抱きしめてきたりキスしてきたり、毎日ドキドキ。「千湖は僕のもの」と独占してくるけれど、尊くんには忘れられない人がいるようで…？
ISBN978-4-8137-0511-6
予価:本体 500 円+税
ピンクレーベル

『お前がいないと無理(仮)』柊乃・著

高2のあさひは大企業の御曹司でイケメンな瑞季と幼なじみ。昔は仲がよかったのに、高校入学を境に接点をもつことを禁止されている。そんな関係が2年続いたある日、突然瑞季から話しかけられたあさひは久しぶりに優しくしてくれる瑞季にドキドキするけど、彼は何かを隠しているようで……？
ISBN978-4-8137-0512-3
予価:本体 500 円+税
ピンクレーベル

『金魚すくい』浪速ゆう・著

なんとなく形だけ付き合っていた高2の柚子と雄馬のもとに、10年前に失踪した幼なじみの優が戻ってきた。その日を境に3人の関係が動き始め、それぞれが心に抱える"傷"や"闇"が次から次へと明らかになるのだった…。悩み苦しみながらも成長していく高校生の姿を描いた青春ラブストーリー。
ISBN978-4-8137-0514-7
予価:本体 500 円+税
ブルーレーベル

『天国へ旅立つ君へ(仮)』朝比奈希夜・著

女子に人気の幼なじみ・俊介に片想い中の里穂。想いを伝えようと思っていた矢先、もうひとりの幼なじみの稔が病に倒れてしまう。里穂は余命を告げられた稔に「一緒にいてほしい」と告白される。恋心と大切な幼なじみとの絆の間で揺れ動く里穂が選んだのは…。悲しい運命に号泣の物語。
ISBN978-4-8137-0513-0
予価:本体 500 円+税
ブルーレーベル

書店店頭にご希望の本がない場合は、
書店にてご注文いただけます。

ケータイ小説文庫 累計500冊突破記念！

『一生に一度の恋』
小説コンテスト開催中！

賞

最優秀賞＜1作＞
スターツ出版より書籍化
商品券3万円分プレゼント

優秀賞＜2作＞
商品券1万円分プレゼント

参加賞＜抽選で10名様＞
図書カード500円分

最優秀賞作品はスターツ出版より書籍化!!
ぜひチャレンジしてね♪

テーマ

『一生に一度の恋』

主人公たちを襲う悲劇や、障害の数々…
切なくも心に響く純愛作品を自由に書いてください。
主人公は10代の女性としてください。

スケジュール

7月25日(水)➡ エントリー開始
10月31日(水)➡ エントリー、完結締め切り
11月下旬 ➡ 結果発表

※スケジュールは変更になる可能性があります

詳細はこちらをチェック→
https://www.no-ichigo.jp/article/ichikoi-contest